Foto Titelblatt: *Osterfeuer* von Elmer Schmidt

AF200505

Bordesholmer Edition

Band 33   1. Auflage 2017

Feuerteufel

Jürgen Baasch
Elmer Schmidt
Detlef Tanneberger
Henning Thomsen

Feuer

Prometheus warf einen Blitz, der schlug in einen Baum und ließ ihn entflammen. Oder er entzündete einen Buschbrand. Details kennen wir nicht, schließlich datieren Forscher den ersten Gebrauch des Feuers durch Menschen auf die Zeit vor etwa 1,5 Millionen Jahren. Feuer zu nutzen war der Ursprung aller Kulturtechniken. Feuer hat uns Menschen erst sesshaft gemacht und uns ermöglicht, das Essen zu kochen oder den technischen Fortschritt voran zu bringen.

Jedoch in der Faszination des Feuers züngelt Furchteinflößendes immer noch mit.
Manchmal bietet uns das Feuer faszinierende Schauspiele. Eines dieser Phänomene, das in der Natur nur selten beobachtet wird, ist der „Feuerteufel". Ranga Yogeshwar erklärte anhand eines künstlichen Feuerteufels in „Die große Show der Naturwunder", wie dieses Naturwunder zustande kommt: die heiße Luft des Feuers steigt nach oben und kältere Luft muss von unten nachströmen. Gerät diese Luft in Rotation, zwirbelt sich das Feuer nach oben - denn zum Mittelpunkt hin dreht sich die Luft immer schneller. Feuerteufel sind aber auch Menschen, die der Faszination des Feuers erliegen, die zum Spaß oder wegen einer psychischen Störung Dinge in Brand setzen, sich daran ergötzen.

Wie lernten wir schon in der Schule:

Wohltätig ist des Feuers Macht,
wenn sie der Mensch bezähmt, bewacht,
und was er bildet, was er schafft,
das dankt er dieser Himmelskraft;
doch furchtbar wird die Himmelskraft,
wenn sie der Fessel sich entrafft,
einhertritt auf der eignen Spur,
die freie Tochter der Natur.
Wehe, wenn sie losgelassen,
wachsend ohne Widerstand
durch die volkbelebten Gassen
wälzt den ungeheuren Brand!
Denn die Elemente hassen
das Gebild der Menschenhand
(aus Friedrich Schiller: Das Lied von der Glocke)

Jürgen Baasch

Personenliste:

1. Der Mann im Wildhof
2. Erika Friedberg, Oberkommissarin
3. Ihr Sohn Finn
4. Dessen Freundin Nasrin
5. Wilhelm Bielfeld, Hauptkommissar
6. Svenja Kelm, „Kamm und Schere"
7. Jessica Glindemann, „Kamm und Schere"
8. Matthias Teupke, LVM-Vertreter in Bordesholm
9. Olaf Radant, LVM-Vertreter in Bordesholm
10. Peter Neumeier, LVM-Kollege aus Kiel
11. Martina Fabritz, LVM-Kollegin aus NMS
12. Robin Trautmann, Verkäufer bei Fa. Kath
13. Armin Droese, Serviceleiter bei Fa. Kath
14. Marco Knodel, Verkaufsleiter bei Fa. Kath
15. Renate Saubermann, Raumpflegerin bei Fa. Kath
16. Karl-Otto Mayer, Rentner und Dackel-Besitzer
17. Tina Timmermann, Raumpflegerin und Tattoo-Besitzerin
18. Leo Lustig, Gymnasiast und Handy-Besitzer
19. Jürgen Baasch, Vorsitzender des HGV Bordesholm
20. Frank Gebhardt, Wehrführer der FF in Wattenbek
21. Peter Friebe, Schriftwart der FF in Wattenbek
22. Monika Jöhnck, Rechtsanwältin
23. Melanie Weinand, Zeugin und Ex-Verlobte
24. Hans Handtuch, Beschuldigter und Ex-Verlobter
25. Werner Lorenzen, Polizei-Psychologe
26. Anni Schulz, freundliche Angestellte
27. Sandra mit Altbauwohnung und Tagesfreizeit
28. Marco Lütt, BWL-Dauerstudent
29. Oskar Wasserstrahl, Handyverkäufer
30. Lutz Feuerstein, arbeitsloser Chemiker
31. Claas mit Parka und ohne Nachnamen
32. Schäferhund Fleischer mit abgebrochenem Zahn
33. Denis Hayes mit Kronleuchter im „Wubbke"
34. Thorhild Ludwigsen mit Dänisch-Kenntnissen
35. Tatsächliche und fiktive BürgerInnen als Statisten

1

Dass es sich bei seinem Vorhaben nur um das idyllische Waldstück im Wildhof handeln konnte, war für ihn klar. Nur diese Örtlichkeit kam in Frage. Nur hier konnte er mit seiner Tat einen Schlussstrich ziehen und Genugtuung erfahren.

Über Wochen hatte er das Waldgebiet am Bordesholmer See erkundet. Zu Fuß und mit dem Fahrrad, nie mit dem Auto. Das wäre zu gefährlich gewesen, keine Spuren durfte er hinterlassen. Die Straftat sollte nie zur Aufklärung kommen, sie ging nur ihn etwas an.

Jeder Baum, jede Baumwurzel, jeder Busch und auch jeder Totholzhaufen waren ihm bekannt. In stockdunkler Nacht hätte er mit verbundenen Augen durch den Wald laufen können.

Die Lage der Hölzung war ideal, zwar grenzte sie an ein Wohngebiet und mittendrin befand sich auch noch das ehemalige Forsthaus, aber darauf konnte er keine Rücksicht nehmen. Wichtig waren die verdeckte Anfahrt und die Fluchtmöglichkeiten in mehrere Richtungen. Das Wichtigste aber war der Ort selbst. Er wusste, er durfte nichts dem Zufall überlassen.

Das Entfachen eines Feuers oder mehrere kleine Brandstellen in einem Waldgebiet zu legen, stellte nicht das Problem dar. Das konnte jedes Kind. Jedoch dabei keine Spuren zu hinterlassen, bedurfte einiger günstiger Gegebenheiten und ein wenig Erfahrung.

Er hatte einige Versuche unternommen, natürlich nicht hier in der Gegend. Er war in den Segeberger Forst gereist. Er hatte hin und her überlegt und auch im Internet recherchiert. Mit einem Kanister, voll mit einer brennbaren Flüssigkeit, durch den Wald zu laufen, ging gar nicht. Außerdem konnten solche Brandbeschleuniger noch nach Erlöschen eines Feuers durch die Brandermittler nachgewiesen werden. Aber mit einem Rucksack auf dem Rücken, in dem sich einige alte Zeitungen und auch Zeitschriften befanden, und einem Feuerzeug in der Hosentasche, konnte man sicher sein, keinen Verdacht auf eine geplante Brandstiftung zu lenken. Denn nur darum ging es dem Mann.

Dass sich Brände in Wald, Moor und Heide in Windrichtung trichterförmig ausbreiten, hatte er gelesen.

Seine Zündversuche hatten ergeben, dass sich lose zusammengeknülltes Zeitungspapier besser zum Entfachen eines Buschfeuers eignet als die herausgerissenen Seiten des glänzenden Papiers einer Illustrierten.

Aufmerksamkeit war allerdings beim Zündeln stets geboten.

Bei einem Versuch in einer abgelegenen Tannenschonung war ihm das kleine Lockfeuer beinahe entglitten. Er hatte Glück, der Waldboden war nach einem vor Tagen niedergegangenen Regenschauer noch feucht und er konnte den noch kleinen Flächenbrand mit seinen Füßen austreten.

Die Sohlen seiner Schuhe und auch die Säume seiner Hosenbeine hatten dabei jedoch arg gelitten.

Schuhe und auch Hose wurden von ihm auf der Rückfahrt sofort ausgetauscht. Die angesengelte Bekleidung hatte er in einem Container entsorgt. Keine Spuren sollten in seiner Wohnung auffindbar sein.

Seine Vorbereitungen waren abgeschlossen. Er fühlte einen noch nicht gekannten Erregungszustand.

Jetzt konnte ihn nichts mehr stoppen, in ihm kamen Glücksgefühle auf.

*

Es war Mitte August. Man konnte bereits empfinden, dass die Tage langsam wieder kürzer wurden. Die Großwetterlage war seit Wochen stabil. Ein lauer Landwind wehte beständig aus Richtung Ost, seit Wochen war kein Tropfen Regen gefallen. Ein Jahrhundertsommer.

Die Urlauber in unserem Lande waren erfreut. Die Kinder, die noch Ferien hatten, ebenfalls. In den Freibädern und an den Badestellen war kaum noch ein freies Plätzchen zu finden. Einige Landwirte klagten - einige nicht, wie es immer so ist. Die Brauereien machten Sonderschichten.

Die Natur litt, erste Blätter an den Bäumen wurden welk. Die Trockenheit war überall zu spüren. Staub lag auf Straßen und Wegen.

All das beobachtete er wohlwollend.

Die Badestelle am Bordesholmer See war Bestandteil seines Planes. Allerdings nicht, um sich nach seiner Tat in dem klaren Wasser mit einem Bad zu erfrischen. Hier sollte seine abgesetzte Beobachtungsstation sein. Auf der Bastion vor dem Badrestaurant wollte er sein Szenario aus Flammen und Rauch genießen, einen Erdbeereisbecher mit viel Sahne vor sich auf dem Tisch. Allein bei dem Gedanken lief ihm ein angenehmer Schauer über den Rücken.

Die Ereignisse begannen sich zu überschlagen.

Über alle Norddeutschen Sender wurden fast stündlich Warnungen verbreitet. Der Landesfeuerwehrverband gab bekannt: Aufgrund der anhaltenden Trockenheit besteht Waldbrandgefahr der höchsten Gefährdungsstufe.

Es wurde darauf hingewiesen:

Das Betreten des Waldes ist generell verboten. Im Wald oder im Abstand von weniger als fünfzig Meter ist das Anzünden und Unterhalten eines Feuers oder der Umgang mit brennen-

den oder glimmenden Gegenständen sowie das Rauchen verboten!

Das war die Nachricht, die er herbeigesehnt hatte.
Die extreme Lage machte sein Vorhaben jedoch nicht leichter. Er musste noch mehr auf der Hut sein und seine Vorgehensweise den Gegebenheiten anpassen. Aber er stand unter seinem persönlichen Handlungszwang. Der ideale Zeitpunkt war nun gekommen. Die Zeit drängte.
Nach dem Warnhinweis folgte der Wetterbericht:
Zum Wochenende stand ein Wetterwechsel an. Der Wind sollte drehen und über der Nordsee baute sich bereits eine Regen- und Gewitterfront auf. Mit unwetterartigem Starkregen sei zu rechnen.
Es war Mittwoch. Morgen sollte und musste der Tag sein. In den Abendstunden würde es geschehen. Er wollte den glühenden Feuerschein und den Funkenregen in der Abenddämmerung genießen.
Gern wäre er noch einmal zu seinem Objekt geradelt. Eine Generalprobe ohne Feuerzeug sozusagen. Ein letzter Blick von der Bastion auf das Waldstück vor dem Ereignis. Aber unter den gegebenen Umständen war ein Verzicht unumgänglich, er durfte die Aktion nicht gefährden. Es würde am Donnerstag schwierig genug werden.
Er hatte kaum und schlecht geschlafen und war recht früh aufgestanden. Noch vierzehn Stunden und es gab nichts mehr zu tun, als zu warten.
Der Rucksack war gepackt, seit Tagen schon. Nur alte Tageszeitungen, weiter nichts. Zwei Feuerzeuge lagen auf dem Tisch.

*

Es war soweit.

Die geplante Anfahrt auf dem Wanderweg um den See über die Lügenbrücke hatte er aufgegeben, oder besser gesagt, aufgeben müssen. Die Anfahrt durfte nicht durch ein Waldgebiet führen, vielleicht wurde das Gebiet überwacht. Er nahm einen Umweg in Kauf und wählte den Weg über Mühbrook. Der Parkplatz an der Vogelwiese sollte sein Ziel sein. Eine Stunde früher als geplant machte er sich auf den Weg.

Auf den letzten Metern spürte er einen leicht böigen Wind im Nacken. Jetzt stimmte einfach alles.

Ab dem Abzweiger am Einfelder See war ihm kein Fahrzeug begegnet.

Der Parkplatz war erreicht. Keine Autos waren hier abgestellt, die Bevölkerung schien die Warnhinweise ernst zu nehmen. Sein Fahrrad hatte er hinter dem kleinen Toilettenhäuschen verborgen. Der Rückweg konnte nicht der gleiche sein, das war ihm klar. Er würde das Risiko eingehen müssen und den Wanderweg am See benutzen. Aber soweit war es noch nicht.

Drei Brandausbruchsstellen hatte er geplant. Eine dicht an der Durchgangsstraße, eine in der Mitte des Waldstückes und die Dritte in der Nähe des Wanderweges. Er wollte an der Straße beginnen.

Schnell sicherte er in alle Richtungen, er war allein. Zehn rasche Schritte und der Waldrand hatte ihn verschluckt. Es musste jetzt zügig gehen, er atmete tief durch. Endlich war er am Ziel. It´s showtime.

Er brauchte nicht mehr nachdenken, er arbeitete wie eine Maschine. Brandstelle eins:

Wie für ihn parat gelegt. Kleine Stöckchen, etwas abgefallene Baumrinde und trockenes Laub vom letzten Jahr. Er knüllte drei Doppelseiten der ‚Kieler Nachrichten' locker zusammen und schob sie unter seinen kleinen aufgeschichteten Scheiterhaufen. Nur kurz brauchte er sein Feuerzeug unter das Papier halten, erste Flämmchen schossen hervor, das trockene Laub begann zu knistern.

Weiter! Weiter! Nur das war sein Gedanke.

Brandstelle zwei:

In geduckter Haltung hatte er die zirka siebzig Metern im Geschwindschritt zurückgelegt. Eine ziemlich offene Stelle am Waldrand hatte er erreicht, nach links blickend konnte er schon eine leichte Rauchentwicklung von Brandstelle eins wahrnehmen. Herrlich.

Hier war das Totholz auf dem Boden etwas kräftiger, aber er hatte Glück. Eine völlig verdorrte Tanne stand in Reichweite, die Nadeln waren schon fast alle abgefallen. Ein Tritt genügte und der kleine Baum lag auf der Seite.

Das gleiche nochmals. Laub, Hölzer und die Tannenzweige, zu einem kleinen Nest aufgetürmt. Diesmal waren es drei Doppelseiten des ‚Holsteinischen Couriers', die ihm behilflich sein sollten.

Er spürte es, der Wind hatte aufgefrischt und hatte weiter in Richtung West gedreht.

Die Flamme des Feuerzeuges erlosch durch einen Windstoß, als er sie unter das Papiergeknülle hielt. Ein zweiter Versuch. Er kniete nieder und schirmte mit seiner aufgehaltenen Jacke, die er mit der linken Hand an den Waldboden drückte, den Wind ab. Mit der rechten zündete er das Feuerzeug.

Alles passierte gleichzeitig.

Die noch verbliebenen Tannennadeln an den Zweigen setzten sich explosionsartig in Brand. Stichflammen schlugen ihm entgegen, direkt in sein Gesicht, er wurde geblendet. Taumelnd stand er auf und versuchte sich zu orientieren, er rang nach Luft.

Flammen umzingelten ihn, sein Gesicht brannte, es roch nach verbrannten Haaren und seine Beine wurden warm. Er schaute an sich herunter, er hatte sich in die Hose gepisst.

Er sprang fünf Schritte rückwärts aus dem Bodenfeuer heraus und verfiel in eine Starre. Seinen Rucksack hatte er zurücklassen müssen.

Das rasch größer werdende Feuer, der Funkenflug, der aufsteigende Rauch und die Geräusche hielten ihn im Bann. In seinen dunklen Augen spiegelten sich die Flammen, sein Gesicht brannte, als sei es mit heißem Wasser übergossen worden. Sein Kopf war leer, er dachte an gar nichts. Er folgte nur dem grandiosen Schauspiel. Flammen schlugen rechts und links empor, eine Feuerwalze bewegte sich in Richtung Alt Bordesholm, Rauch stieg zu einer Säule auf und verteilte sich am Himmel. Eine Darbietung, die bei ihm das Gefühl aufbrachte, dass hier der Leibhaftige selbst die Register zog.

*

Lautes durchdringendes Sirenengeheule aus Richtung Mühbrook und leiseres aus dem nahen Umland. Er erschrak und zuckte zusammen, seine Starre löste sich.

Was war das, wer hatte ihn verraten? Sollte schon alles vorbei sein? Seine Lage war verheerend, das war ihm durchaus bewusst. Er war um seinen Triumph betrogen worden und musste sich von seinem Feuer trennen. Was blieb, war nur die Flucht. Das Risiko, das er nie eingehen wollte.

Er schaute nicht mehr nach links oder rechts, er rannte zu seinem Fahrrad. Das laute Heulen der Martinshörner traf seine Ohren aus allen Richtungen, wie Einschläge von Granaten.

15

Es gab nur einen Fluchtweg: Den Wanderweg bis zum Abzweiger zur Landesstraße. Dann auf dem Fahrradweg Richtung Bordesholm und weiter durch das Hasental. Danach konnte er in der Bebauung untertauchen.

Ein letzter Blick auf das Baby seines Infernos.

Er trat in die Pedalen wie ein Wahnsinniger, seinen starren Blick nur nach vorn gerichtet. Bei der kleinsten Bewegung, wollte er sich in das Dickicht schlagen und unsichtbar werden.

Freie Fahrt bis zum Nordende des Sees. Es gab kein Halten mehr, er riss den Lenker seines Fahrrades nach links und fuhr in einer kleinen Bucht schnurstracks in das Gewässer, bis das Fahrrad zum Stehen kam. Er sprang ab, kniete im Wasser nieder und schaufelte sich mit beiden Händen das kühle Nass über sein schmerzendes Gesicht. Eine Wohltat und zugleich ein Schock - seine Haarpracht hatte gelitten.

Er musste weiter, er hatte keine Minute zu verlieren, er machte einen erbärmlichen Eindruck.

Das werden sie mir büßen, bitter büßen. Dieser Gedanke brannte sich in seinem Kopf fest.

Er hatte Glück, ihm begegneten nur zwei trottelige Hundespaziergänger. Die merken sowieso nichts. Die denken nur Wau Wau und Sitz und Platz, und haben die Taschen voller Leckerlie.

*

Sehr gern gingen die beiden Hundehalter mit ihrem jungen Nick in den Hochzeitswald. Es gab für ihn immer viel zu beschnuppern und auch hin und wieder den Versuch, etwas auszubuddeln. Herrchen konnte sich auf eine bequeme Bank setzen und alles beobachten. Das war zur Zeit allerdings verboten: Waldbrandgefahr.

Nick verstand es nicht. An der Bahnunterführung war heute Schluss.

Der Hundevater freute sich auf den anstehenden Wetterwechsel, Nick war es egal.

Was war das?

Sie standen gemeinsam in dem kleinen Tunnel unter der Bahnstrecke zwischen Neumünster und Kiel und wollten den Rückweg antreten. Sie konnten die letzte Kurve vor der Unterführung gut einsehen.

Ein Fahrradfahrer, mit einer Art Maske auf dem Kopf und in klatschnasser Kleidung raste auf sie zu und dicht an ihnen vorbei. Der Hundeführer konnte sein Tier noch gerade an sich reißen, ansonsten wäre es zu einem Zusammenstoß gekommen.

Schotter und Sand spitzten in der Kurve auf, und der Spuk war vorbei.

Die Frau fragte: „Was war das?"

Der Mann antwortete: „Ich weiß es nicht!"

Der Hund knurrte.

*

Mehrere Notrufe gingen zeitgleich auf der ‚Leitstelle Mitte' ein, zwei über Handy und einer über das Festnetz. Waldbrand am Bordesholmer See. Rauchentwicklung im Wildhof. Und: Der Wald an der Vogelwiese in Bordesholm brennt, die Feuerwehr muss kommen, schnell! Der diensthabende Lagedienstführer bekam die eingehenden Notrufe mit.

„Moment mal, verdammt! Da kenne ich mich aus, das ist meine Laufstrecke, ich wohne in Alt-Bordesholm und bin selbst Mitglied der ‚Freiwilligen Feuerwehr Bordesholm'. Ich übernehme den Einsatz. Ich brauche einen Kartenausschnitt vom Wildhof, groß an die Wand. Schnell."

Was schlägt der Leitrechner vor?

Einsatz Feuer Wald-Wildhof Bordesholm. Alarm für die Freiwillige Feuerwehr Bordesholm, Wattenbek, Mühbrook, Schönbek, Hoffeld. Info an Amtswehrführer.

Lagedienstführer Reimer drückte zeitgleich zwei Knöpfe: ‚Vorschlag akzeptiert' und ‚Alarm raus'.

Er setzte sich an seinen Arbeitsplatz, vor sich zwei große Bildschirme. Einer für die Kräfteübersicht, einer für die Rückmeldungen von der Einsatzstelle. Darüber vor sich, ein Kartenausschnitt von dem Waldstück am See, an eine große weiße Wand projiziert, daneben eine Tafel für Notizen.

Er dachte an den schönen Wanderweg zwischen den riesigen alten, schattenspendenden Buchen und Eichen und den schönen Bordesholmer See. Wie oft war er mit seinem Hund Paul dort entlanggelaufen?

Aber jetzt ging es um etwas Anderes.

*

Es war der dritte Donnerstag im Monat. Übungsdienst bei der ‚Freiwilligen Feuerwehr Mühbrook'. Die Beteiligung war super. Es sollte der Aufbau einer Wasserversorgung trainiert werden. Danach sollte der Grill angeheizt werden, und der Kamerad Wulff war vor zwei Wochen Vater geworden, darüber musste auch noch gesprochen werden.

Der neue Wehrführer machte es zwanglos, eine kurze Begrüßung, und danach sollte zum Feuerlöschteich gefahren werden.

‚SIRENENGEHEUL' vom Dach des Gehöftes von Bauer Lucht.

„Was ist denn das? Hast Du etwa eine Alarmübung mit uns vor, Wehrführer?" fragte der Gruppenführer der ersten Gruppe.

„Überhaupt nicht, das ist echt", so der Wehrführer.

Alles stürzte zum Faxgerät. Wann kommt endlich die Depesche? Das dauert ja ewig. Jeder schaute Jedem über die Schulter. Die Anspannung war groß.

„Aber wir müssen doch los", bemerkte der Anwärter aufgeregt, der schon Feuerwehrhelm und Feuerwehrsicherheitsgurt angelegt hatte.

„Nu töv man av, min Jung, wie möt doch erst mol weten, wat los is und wo dat hingan sall", antwortete Heinrich aus der Reserveabteilung.

Das Faxgerät machte Geräusche.

Totenstille herrschte im Schulungsraum. Die Situation könnte man mit der vergleichen, als wenn jeden Moment eine Tür aufgeschlagen wird und die Hebamme im Rahmen steht, und sagt:

„Es ist ein..."

„Herhören", sprach der Wehrführer laut und ruhig, „Waldbrand im Wildhof. Wir fahren in Richtung Vogelwiese an. Aufsitzen!"

„Einen Moment noch", rief Bauer Jürgens, „ich nehme meinen Trecker und den großen Gülleanhänger voll Wasser mit, wie damals auf der Koppel, weißt noch?"

„Alles klar", konnte der Wehrführer nur noch zurückrufen.

Auf der Anfahrt erkannte Wehrführer Harms, dass er den richtigen Weg eingeschlagen hatte. Rauchfahnen, vermischt mit hellen Funkenbündeln, stiegen vom Waldstück auf. Der Wind, der mittlerweile aus Nordwest wehte, trieb die dunkle Wolke in Richtung Klosterinsel.

Ein urplötzliches, scharfes Abbremsen seines Maschinisten ließ ihn aus seinen Gedanken aufschrecken. Was war passiert?

Ein Rudel Rehwild kam ihnen entgegengehetzt, auf der Flucht vor dem tödlichen Feuer.

Sein Auftrag war klar, er ergab sich aus der Gefahrensituation der Brandausbreitung. Das war ihm bewusst: Das Feuer musste eingedämmt und gelöscht werden.

Am Parkplatz vor der Vogelwiese angekommen, erkannte er den rauchfreien Zugang zum See, die Wasserversorgung war somit gesichert.

Im Hintergrund hörte er bereits das Anrücken der Wehr aus Schönbek und das dunkle Grummeln von Bauer Jürgen's Monstertrecker mit seinem Güllefass der Superlative, wie er es gern und oft zu bezeichnen pflegte.

Was war zu tun:

Der Brand durfte auf keinen Fall den Mühbrooker Weg überspringen.

Das Forsthaus musste geschützt, die Personen gewarnt werden.

Die Flammen mussten bekämpft werden.

Kontakt mit den übrigen Einsatzkräften musste aufgenommen werden.

Harms hatte gerade seine klaren Einsatzbefehle an die Feuerwehren aus Mühbrook und Schönbek erteilt, als Jürgens, ohne nach rechts oder links zu blicken, mit seinem Gespann an ihnen vorbeidonnerte, und dabei den Ablasshahn seiner Superlative aufriss.

Harms sprang auf die Straße. Er wollte den Treckerfahrer zur Vorsicht mahnen, als ihn ein kühler Schwall Wasser mit einem leichten Gülleduft überschwappte und fast zu Boden riss. Triefend nass stand er da.

*

Auf der Bordesholmer Seite entwickelte sich der Anmarsch der Einsatzkräfte fast zeitgleich. Das Feuer befand sich im Ausrückbereich der Bordesholmer Wehr. Zugführer Jochen

Marks hatte somit die Einsatzleitung, ob er das wollte oder nicht! Er stand unter Handlungszwang. Zumindest bis der Amtswehrführer eintraf.

Marks gab Einhalt, er musste sich einen Überblick über die Lage verschaffen.

Mit seinem Führungsfahrzeug und seinem Assistenten begab er sich auf die erste Erkundung. Er wagte sich laufend ein Stück in den Wald hinein. Auf dem Rückweg beurteilte er die Lage und kam zu seinem Entschluss.

Laut und deutlich rief er in sein Funkgerät:

„Alle Einheitsführer zu mir. Sofort!"

Im engen Kreis standen seine Gruppenführer dicht um ihn herum und erwarteten ihre Einsatzaufträge.

„Folgende Lage, Männer! Das erste Viertel des Waldstückes, so wie Ihr es hier vor Euch seht, steht im Vollbrand. Gefahr der Brandausbreitung auf das übrige Waldstück besteht akut. Die Wohnhäuser hier am Ende des Waldgrundstückes sind gefährdet.

Menschenleben ist in Gefahr!

Ich will das Feuer am letzten Wanderweg stoppen.

Ich will das Feuer auf den Bereich der Teerstraße begrenzen.

Ich will die Wohnhäuser vor der Strahlungswärme schützen.

Ich will die Bewohner aus ihren Wohnungen evakuieren.

Ich werde zwei Einsatzabschnitte bilden.

Ich gebe das Waldstück bis zum Fußweg auf, ich habe keine andere Wahl, es macht keinen Sinn dem mächtigen Feuer hinterherzulaufen."

Marks hielt den Führungskräften eine schnell gefertigte Skizze entgegen.

„Nur so werden wir Erfolg haben, meine Kameraden. Schaut es Euch an!

Folgende Aufträge an die Wehren vor Ort!"

Marks wurde laut:

„Wattenbek erstellt eine Wasserwand an dem Fußweg.

Bordesholm schützt die Wohngebäude.

Hoffeld evakuiert die Häuser und den Wohnblock.

Die Polizei sperrt die Einsatzstelle großräumig ab.

Zum Einsatz vor!"

Aus der angespannten Starre entstand augenblicklich Bewegung. Die Gruppenführer hatten ihre Einsatzbefehle erteilt. Jeder wusste, was er zu tun hatte. Pumpen wurde in Stellung gebracht. Schläuche wurden gerollt. Wasserwerfer wurden in Stellung gebracht. Wasser rieselte auf die Wohnhäuser herab. Erste Personen wurden aus den Gebäuden geführt.

Marks hörte das Grollen eines Gewitters. ‚Sollte uns der Himmel auch noch seine Hilfe schicken', waren seine Gedanken. Es war aber nur Bauer Jürgens, der eine rasante Schleife auf dem Parkplatz vor dem Bürgerhaus drehte und mit seinem Geschütz bereits wieder Richtung Vogelwiese unterwegs war.

Wie aus dem Boden emporgeschossen, stand er hinter ihm. Jörg Barsch.

‚Auch das noch, ein Alptraum', dachte Marks. Bleibt mir denn gar nichts erspart in dieser Situation.

„Nur eine Frage Marks; wir kennen uns doch gut. Wie viele Brandtote und Schwerverletzte sind bisher geborgen worden. Wie hoch ist der Brandschaden. Kannst Du Angaben über die Brandursache machen. Wie viele Einsatzkräfte sind hier im Einsatz. Wie lange wird der Einsatz noch dauern. Besteht die Gefahr einer Feuerbrunst. Ist die Klosterkirche in Gefahr. Und...?"

„Jetzt ist aber Schluss mein lieber Barsch, sofort begeben Sie sich hinter die Absperrung zurück. In dreißig Minuten findet an dem Einsatzleitwagen eine Pressekonferenz statt, Sie sind herzlich eingeladen. Nun aber Abflug hier!"

Marks beurteilte die Wirkung seiner angeordneten Maßnahmen.

Die Wasserwand stand, vier Wasserwerfer schleuderten pro Minute zweitausend Liter Löschwasser breit gefächert den Flammen entgegen. Bauer Jürgens fuhr unermüdlich mit seinem kühlenden Nass hin und her.

Die Gebäude waren geräumt.

„Wohin mit den Menschen und was dürfen sie von ihrer Habe mitnehmen", fragte der Abschnittsleiter Räumung.

Marks wollte gerade antworten, da sah er weißen Rauch vom Waldstück aufsteigen. Wasserdampf, schöner konnte es nicht sein. Seine Taktik war aufgegangen. Die Flammen fanden im feuchten Unterholz keine Nahrung mehr.

Nicht wie aus dem Boden geschossen, aber wie vom Himmel gefallen, stand Barsch wieder vor ihm.

„Immer mehr Rauch und Qualm, jetzt sieht es sogar schon bedrohlich hell aus. Kommt es jetzt zur Explosion des Waldes? Fliegt hier gleich alles in die Luft?"

„Ja", sagte Marks, „und Du als Erster." Marks ließ Jörg Barsch bedrüppelt stehen. Dieser verstand die Welt nicht mehr.

Eine Hand legte sich auf Marks Schulter, es war der Amtswehrführer.

„Ich habe mir schon einen Lageüberblick verschafft. Herzlichen Glückwunsch, mein lieber Jochen, das hätte keiner besser machen können. Die Gefahr für den Wald und die Gebäude ist gebannt, das Feuer ist unter Kontrolle und die Menschen sind in Sicherheit. Mehr geht nicht in dieser Situation. Deine Taktik ist aufgegangen, alles richtig gemacht. Wie aus dem Lehrbuch: *Das richtige Mittel zur richtigen Zeit am richtigen Ort*. Was hast Du jetzt vor?"

„Vielen Dank Karsten. Ich werde die Einsatzkräfte ausdünnen, es war ein kräfteraubender Einsatz. Fast alle Kameradinnen und Kameraden müssen morgen wieder zur Arbeit. Heute Nacht wird es hier im Wald eine Brandwache geben und die Einsatzstelle muss ausgeleuchtet werden.

Aber zuerst gibt es jetzt eine Pressekonferenz, der Barsch nervt schon."

Um den Einsatzleitwagen herum, türmten sich Kisten mit Selter, Cola und Brause, sogar belegte Brötchen waren dort auf Tabletts abgestellt. Der nahe EDEKA-Laden und die Anwohner hatten für die Verpflegung der Einsatzmannschaft gesorgt. Ein kleines Dankeschön, so etwas gibt es nur auf dem Land.

Der Funker winkte beiden aufgeregt aus dem Führungsfahrzeug zu.

„Soeben ist ein Funkspruch der Wehr Mühbrook eingegangen. Der Abschnittsleiter Vogelwiese meldet: Es sind zwei Brandausbruchsstellen lokalisiert worden. Es handelt sich hier eindeutig um Brandstiftung."

„Auch das noch. Diese Nachricht wird vorerst mit einem Sperrvermerk versehen! Diese wichtige Mitteilung behalten wir erst einmal nur auf den Führungsebenen von Polizei und Feuerwehr", ordnete der Amtswehrführer unmissverständlich an, und fügte noch hinzu, „wer weiß, wozu das noch gut sein wird?"

*

Er hatte es mit seinem Artikel auf die erste Seite gebracht, das erste Mal in seiner Laufbahn als Lokalreporter. Und sogar mit Bild.

Alt-Bordesholm vor Feuersbrunst gerettet

Er konnte das Wochenblatt gar nicht aus den Händen legen. Elly Woyschewski war dort abgebildet. Sie stand vor dem Wohngebäude am Wildhof und hielt ihren Vogelkäfig in die Höhe, zwei hellblaue Wellensittiche saßen auf ihrer Stange. Der Frau rannen die Tränen über die Wangen: „Ihr habt Pips und Pups das Leben gerettet - Danke."
Das könnte das Pressefoto des Jahres werden, dachte Barsch, und las seinen Artikel zum achten Mal.

*

In seinem spartanisch eingerichteten Zimmer saß der Mann mit dem panischem Blick. Er zerknüllte das Titelblatt der Rundschau so heftig, dass ihm das Blut aus den Händen wich und schmetterte das Knäuel gegen die Wand.
Sein verbranntes Gesicht glühte.
„Ich bin kein Versager, das werdet Ihr noch zu spüren bekommen", brüllte er.

2

Irmgard ging gedankenverloren Richtung Klosterkirche. Obwohl es ein grauer Novembertag war, wollte sie noch einmal in Urtes Werkstatt verbeischauen und fragen, ob bereits was von ihren Sachen verkauft worden war. Sachen, die sie nicht mehr tragen wollte und die vielleicht eine Andere gebrauchen könnte. Sie blickte in die leeren Schaufenster des Geschäftes, in dem bis vor kurzem Ledermöbel standen, als sie ein blaues Flackern wahrnahm. ‚Ist was mit meinen Augen', dachte sie noch, als ein Martinshorn hinter ihr ertönte. Erschrocken blickte sich Irmgard um und sah mehrere Feuerwehrautos auf sich zukommen. Schnell drehte sie sich von der Straße weg und hielt sich die Ohren zu. So fix konnte sie ihr Hörgerät nicht leiser stellen.

‚Warum fahren die so langsam?' dachte sie noch, als das erste Fahrzeug kurz vor ihr anhielt. Direkt vor dem Frisiersalon ‚Kamm und Schere'. Ein Polizeiauto fuhr mit zwei Rädern auf dem Fußweg vorbei und hielt an. Zwei Polizisten sprangen aus dem Auto und liefen auf sie zu.

„Hier können sie nicht weiter", rief ihr einer der Polizisten schon von weitem zu. Verdattert fragte sie den Polizisten:

„Wie soll ich denn zur Kirche kommen?"

„Ich fürchte, das wird nichts, Muttchen. Suchen sie sich einen anderen Weg oder gehen sie nach Hause", antwortete Wachtmeister Schmidt.

*

Bei der Feuerwehr-Leitstelle in Kiel stand das Telefon nicht mehr still. Die meisten Anrufer benutzten die Nummer 112 um ein Feuer in Bordesholm in einem Haus am Bordesholmer See zu melden. Die Daten wie: Adresse, Doppelhaushälfte, Frisörsalon ‚Kamm und Schere', dass starke Rauchentwicklung mit Feuer im Schaufenster sichtbar waren, wurden zusammengefasst. Ob Menschenleben in Gefahr sind, war nicht bekannt. Der Automatismus nahm seinen Lauf. Die Freiwillige Feuerwehr in Bordesholm wurde informiert. Die Rettungskräfte wurden per SMS angefordert. Es wurde ein Mannschaftswagen, ein Drehleiter- und ein Gerätewagen benötigt. In Wattenbek wurde der Sirenenalarm ausgelöst. Die Polizei wurde verständigt.

Während das Einsatzfahrzeug auf der Heintzestraße an der Gabelung Eidersteder Straße vorbeifuhr, ging der Einsatzleiter im Mannschaftswagen noch einmal in Gedanken die Fakten durch. Das Wichtigste, was er nicht wusste, war, ob Menschenleben in Gefahr sind. Im Herausspringen sah er zwei Polizisten, die mit einer Frau sprachen. Er rief sie zu sich: „Sperren sie die Straße in beide Richtungen ab. Ich will hier keinen im Weg stehen sehen." Wachtmeister Schmidt wandte sich an seinen Kollegen, der einen zweiten Streifenwagen anfordern sollte, als er zurückgerufen wurde. „Und evakuieren sie die Häuser im angrenzenden Bereich." Wachtmeister Schmidt blähte seine Backen auf. Er musste sich erst einmal sammeln. Was soll er jetzt als Erstes machen? Aber bevor er fragen konnte, war der Einsatzleiter schon wieder weg. Schmidt hörte ihn noch von weitem laut rufend den Drehleiterwagen anfordern.

‚Der ist ganz schön im Stress', dachte Schmidt, als er mehrere Explosionen hörte. Verdammt! Schmidt griff erschrocken nach seiner Pistole.

„Hey, bleib ruhig", rief ihm ein Feuerwehrmann abwinkend zu, „das sind die Spraydosen im Frisörladen."

„Fünf Mann mit der Pumpe zum See, und vergesst nicht den Schutzkorb für das Ansaugrohr. Zwei Mann mit Atemschutz in den Laden nach Personen Ausschau halten, und zwei Mann versuchen von hinten in das Haus zu kommen. Ich will in kürzester Zeit von Euch den Vollzug hören." Es schien, als ob der Einsatzleiter erst jetzt das erste Mal Luft holte, seit er ausgestiegen war. Zwei Feuerwehrleute, die mit der Leiter in das Obergeschoss gelangten, kamen zurück ans Fenster und gaben das o.k.-Zeichen. Kein Mensch im Obergeschoss. Sie begaben sich wieder zurück auf die Leiter, um von dort aus das Feuer zu bekämpfen.

Die Beiden mit dem schweren Atemschutzgerät kamen mit einer Frau, die sie zwischen sich trugen, aus dem Eingang und legten sie auf die Trage von dem Rettungswagen, der inzwischen eingetroffen war. Ein Sanitäter legte ihr sofort eine Sauerstoffmaske an, die sie mit letzter Kraft wegriss. Verzweifelt schrie sie:

„Jessica ist noch im Geschäft", bevor sie kraftlos ihre Arme sinken ließ.

Geduckt liefen die beiden Kameraden mit ihren schweren Geräten in den Salon zurück um wenig später mit der vermissten Frau herauszukommen. Die Friseurin sah schlimm aus. Sie hatte sich im hinteren Personalraum aufgehalten, als das Feuer ausbrach. Ihre Kleidung und Haare waren verbrannt. Sie hatte Verbrennungen im Gesicht, an den Armen und Beinen.

Der Arzt, der sich jetzt um sie kümmerte, suchte zwischen ihren Brandwunden vergeblich ihren Puls. Er prüfte mit einem Nadelstich ihre Empfindlichkeit, und da sie nicht reagierte, ging er davon aus, dass sie Verbrennungen dritten oder vierten Grades hatte. Die Nerven unter der Haut waren verbrannt. Es musste unbedingt verhindert werden, dass sie einen Schock bekommt. Vorsichtig entfernte er die verbrannten Stoffreste. Bedeckte ihre Wunden mit kühlendem Wund-

Gel und Mullbinden, legte ihr eine Sauerstoffmaske an, deckte sie mit einer Aluminiumfolie ab und wies den Fahrer an, sie ins UKSH zu fahren. Mit hängenden Armen sah er dem Fahrzeug nach. ‚Sie würde es wohl nicht schaffen'.

Er wandte sich der ersten Frau zu, die sie aus dem Geschäft gerettet hatten. Er brauchte die Personalien der Verletzten. Sie war ansprechbar, und so erfuhr er von ihr, dass sie die Geschäftsführerin ist und Svenja Kelm heißt. Sie hatte versucht, ihre Mitarbeiterin zu retten und sich dabei selber verletzt.

Inzwischen hatten die Kameraden von der Feuerwehr, die das Wasser aus dem Bordesholmer See pumpten, das Feuer im hinteren Bereich des Hauses gelöscht. Dort hatten die Flammen am meisten gewütet. Einer der Leute berichtete dem Einsatzleiter, dass es keinen erkennbaren Grund gab, warum dort das Feuer ausgebrochen war. Aber das sollten die Fachleute ermitteln.

*

Im respektvollem Abstand, kurz vor der ‚Fleischerei Bracker' stand ein Mann im dunklen Mantel und sah sich das Geschehen an. Das Szenarium spiegelte sich in seinen Augen und er fing an zu summen.

„Ein Lichtlein brennt, ein Lichtlein brennt, erst eins dann zwei..."

Er drehte sich um und stapfte den Weg um den See herum. Er wollte sich noch einmal den Waldbrand vom Sommer anschauen.

Jessica Glindemann starb zwei Tage später.

3

„Liebe Freunde und Geschäftspartner unserer LVM-Agentur! Olaf Radant und ich möchten Sie alle sehr herzlich zu unserer kleinen Feier hier in der Bahnhofstraße begrüßen." Gewohnt lässig und leger hielt Matthias Teupke vor den 30 Gästen seine Begrüßungsrede.

„Eigentlich wollten wir erst am 21. Dezember anlässlich meines 47. Geburtstages feiern. Da wir aber schon Anfang November unsere Jahresziele zu 150 Prozent erreicht haben, wollen wir heute mit Ihnen anstoßen!" Teupke erhob sein Sektglas und prostete den Gästen zu.

„Und wir wollen die Gelegenheit nutzen, uns bei Ihnen, das heißt bei unseren wichtigsten Kunden, aber auch bei einigen LVM-Kollegen aus Münster und Kiel, für die tolle Zusammenarbeit im letzten Jahr zu bedanken. Nicht nur mit Saft und Sekt, sondern auch mit leckeren Schnitten." Olaf Radant ergänzte die Sätze seines Kompagnons.

„Schnittchen, Olaf. Nicht Schnitten!" Matthias Teupke korrigierte ihn mit einem süffisanten Lächeln. „Aber lecker sind sie auch. ‚Tischlein deck Dich' hat wieder gute Arbeit geleistet."

„Aber bevor wir gleich ans Büffet stürmen, lassen Sie mich bitte zwei Kollegen besonders hervorheben!" Olaf Radant stellte sich zu einer jungen Dame und einen griesgrämig schauenden älteren Herrn in verknittertem, dunkelblauem Anzug.

„Lassen Sie mich mit der attraktiveren Hälfte beginnen. Frau Martina Fabritz aus dem LVM-Servicebüro in Neumünster. Sie hilft uns mit Charme und Anmut und viel Verstand, Anfragen von unseren Versicherungskunden schnell und kundenorientiert zu beantworten. Ein Prosit für Frau Martina

Fabritz!" Alle Gäste, besonders die Herren der Schöpfung, strahlten die Frau an und erhoben fröhlich ihre Sektgläser.

„Der andere Kollege ist Herr Peter Neumeier." Matthias Teupke stellte sich zu dem Kollegen, der den Charme eines kaputten Kühlschrankes ausstrahlte. „Herr Neumeier kommt zwar optisch nicht an unsere hübsche Kollegin aus Neumünster heran. Dafür reguliert er aber schnell und zuverlässig die Großschäden unserer Kunden. Besonders bei Feuerschäden zeigt er seine große Kundenorientierung. Laut Aussagen von Geschädigten soll Herr Neumeier schneller als die Feuerwehr am Brandort eintreffen."

„Naja, sein alter VW Bora ist ja auch rotlackiert. Da fehlt nur noch das Blaulicht!" Ein Firmenkunde, der einen großen Lebensmittelmarkt leitet und bereits im Laufe des Vormittags mehrere Sektgläser geleert hatte, griff in die Lobesrede ein: „Aber ich muss zugeben, bei unserem ersten Zusammentreffen habe ich einen großen Schreck bekommen. Wie sagte neulich so ein Fußball-Fuzzi über unsere neue Tenniskönigin aus Kiel: ‚Hackfresse'. Der Ausdruck passt doch auch auf Ihren Kollegen!"

Hysterisches, aber auch empörtes Lachen erklang in der Versicherungsagentur.

„Nun hören Sie mal auf, so schön sind Sie ja auch nicht!" Eine ältere Frau wandte sich an den angeheiterten Geschäftsmann. Der kam dadurch aber erst richtig in Stimmung: „Na stimmt doch. Mit dem Namen und dem Gesicht kann der Kollege doch Kanzleramtsminister in Berlin werden. Die beiden sehen sich doch sehr ähnlich und die Namen sind fast die gleichen!"

„Na warte mein Freund, das zahle ich Dir heim", nuschelte Neumeier in seine Hasenscharte. Mit den Worten „Damit Du Dich abkühlen kannst" kippte er sein noch fast volles Bierglas ins Gesicht des Hökers. Diese unerwartete Erfrischung bewirkte das sofortige Herausfahren dessen rechter Faust, und zwar direkt auf die Knollnase von Neumeier. Wie vom Blitz getroffen sank dieser zu Boden, direkt vor die zierlichen Füße der Kollegin Fabritz. Obwohl – oder weil? – Neumeier mit blutender Nase, aufgeplatzter Lippe und panisch aufgerissenen Augen richtig schlecht aussah, wurden bei Frau Fabritz sämtliche Beschützerinstinkte geweckt. Sie hielt ihre Arme um die Schultern von Neumeier und redete mit ruhiger Stimme auf ihn ein: „Alles wird gut, bleiben Sie schön ruhig. Ich bin ja bei Ihnen!"

Olaf Radant hatte – vielleicht etwas voreilig – die 112 angerufen, nicht ahnend, dass mit dem Rettungswagen auch gleich die örtliche Polizei erscheinen sollte. Bevor jedoch Polizei- und Krankenwagen vor der Versicherungsagentur hielten, hatten die Beteiligten versucht, gute Miene zum bösen Spiel zu machen. Frau Fabritz führte Herrn Neumeier auf die Toilette und säuberte ihm das Gesicht. Der Klitschko-Kaufmann wurde in den Personalraum des Büros geführt, wo ihm Olaf Radant die Nerven streichelte.

Und Matthias Teupke konnte die Mitarbeiter der Polizei und des DRK überzeugen, dass alles nur ein Missverständnis gewesen sei. Es traf sich hierbei gut, dass er die Offiziellen von der Bordesholmer Liedertafel kannte. Nur Neumeier grollte immer noch und nuschelte böse Verwünschungen ins reizende rechte Ohr seiner Retterin.

„Lieber Herr Neumeier, lassen Sie uns den heutigen Tag ganz schnell vergessen. Ich möchte gerne morgen Abend mit Ihnen ins Kino gehen, damit Sie schnell auf andere Gedanken kommen!" Martina Fabritz rettete die verfahrene Situation mit viel Charme und persönlichem Einsatz. Sie konnte ja nicht ahnen, auf wen sie sich eingelassen hatte.

Ihre LVM-Hausratversicherung schützt Sie vor den finanziellen Verlusten

■ Grobe Fahrlässigkeit ist über ein *PLUS* bis zur
   vollen Versicherungssumme mitversichert

LVM-Versicherungsagentur
Teupke & Radant oHG
Bahnhofstraße 53
24582 Bordesholm
Telefon 04322 691766
info@tr.lvm.de

33

4

„Die zusammengewachsenen Häuser Heintzestraße Nr. 36 und 38 haben seit ihrem Bau in den Jahren 1927 und 1929 vielen Zwecken gedient. Die jetzt von den Flammen übel zugerichtete Hälfte wurde 1929 als Wohn- und Geschäftshaus errichtet. Im Erdgeschoss gab es immer einen Laden. Sogar eine Filiale des berühmten Hamburger Geschäftes Thams & Garfs befand sich einmal darin. Seit 1965 werden die Räume als Friseurgeschäft genutzt. Inhaberin des Salons ‚Kamm und Schere' ist seit 2005 Svenja Kelm. Neben einem **Damen-** und einem **Herrensalon** gibt es separate Räume für **Kosmetik** und **Fußpflege**."

Hauptkommissar Wilhelm Bielfeld klappte seinen Notizblock zu.

„Whow, starke Recherche. Woher weißt Du das alles?" fragte seine Kollegin Erika Friedberg.

„Aus der Broschüre ‚Bordesholm – ein Rückblick auf 66 Jahre einer 666-jährigen Geschichte'. Da sind alle Häuser in der Heintzestraße beschrieben. Inklusive Besitzer, Informationen zu Bau und Geschichte. Herausgegeben vom rührigen Heimatmuseum. Und auch von der Homepage des Salons ‚Kamm und Schere'. Reine Fleißarbeit, aber auch interessant." Die beiden Kripobeamten standen vor der Tür des ausgebrannten Friseurgeschäftes. Sie warteten auf einen der beiden Feuerwehrmänner, die die Friseurinnen aus den brennenden Räumen gerettet hatten. Als der Mann von der Freiwilligen Feuerwehr Bordesholm, begleitet vom Wehrführer, eintraf, öffnete Bielfeld die Tür. Die beiden Polizisten ließen sich genau zeigen, wo die Atemschutzgeräteträger die Frauen gefunden hatten.

„Jessica hatte Pech. Sie war auf der Personaltoilette neben dem Aufenthaltsraum und hat vom Ausbruch des Brandes wohl nichts mitbekommen. Erst als ihre Chefin nach ihr rief, wurde sie aufmerksam. Da flogen aber im Lager bereits die Spraydosen in die Luft. Es entstand eine Feuerwand, durch die wir auch erst hindurchmussten. Leider zu spät."

„Wissen Sie inzwischen, wodurch das Feuer entstanden ist?" fragte der Wehrführer die Beamten.

„Nein, die Untersuchungen laufen noch. Aber wenn Sie mich fragen: Alles deutet auf Brandstiftung hin. Wir wissen aber nicht, wie das geschehen ist. Kein Fremder war in dem Gebäude. Da muss etwas lange vor sich hin geglommen haben – oder es wurde von fern gezündet."

Die Feuerwehrmänner verabschiedeten sich. Wilhelm Bielfeld blickte auf die Uhr und sah seine Kollegin an:

„Das See-Café hat geöffnet. Vielleicht kriegen wir noch eine Tasse Kaffee. Und dann können wir auch gleich fragen, ob jemand etwas von dem Brand mitbekommen hat. Obwohl es Montag brannte. Da hat das See-Café Ruhetag."

Sie hatten Glück. Das See-Café Bordesholm ist eine nicht mehr ganz so geheime Adresse für hervorragende selbst gebackene Sahnetorten und Kuchen in Bordesholm. Die Leckereien gibt es in dem kleinen Ladenlokal zum Mitnehmen oder auch zum Verweilen in dem Café mit Blick auf den Bordesholmer See. Bei schönem Wetter kann man es sich auf der Gartenterrasse gemütlich machen. Die freundliche Bedienung sagte den Polizeibeamten sofort zu, dass sie Kaffee bekommen würden.

„Und wenn Sie mögen, auch noch ein Stück Kuchen. Ich kann die Eierlikörtorte empfehlen."

„Dürfen wir das? Wir sind doch im Dienst. Eierlikör…" scherzte Friedberg.

Sie bestellten die berühmte Eierlikörtorte, die bei Erika Friedberg Gedanken an die Backkünste ihrer Großmutter hervorrief, und nahmen an dem Tisch mit Blick auf den See Platz. Sie waren die einzigen Gäste in dem Lokal.

„Haben Sie nach dem Brand einen großen Umsatzeinbruch gehabt?", wollte Bielfeld von der Bedienung wissen, die den dampfenden Kaffee und den von Eierlikör und Sahne strahlenden Kuchen servierte.

„Nein. Einen Tag hatten wir geschlossen, und dann kamen eher mehr Gäste. Die wollten wohl sehen, was da nebenan los war. Unglückstouristen sozusagen."

„Und haben Sie oder jemand aus Ihrem Betrieb etwas von dem Brand mitbekommen, das für uns wichtig sein könnte?"

„Nein. Wir haben ja montags geschlossen. Da ist nur ganz selten jemand im Betrieb. Nach dem anstrengenden Wochenende nutzen wir den Montag zur Entspannung oder für Besorgungen."

Die Eierlikörtorte ist eine Sensation. Der dunkle Boden vermählt sich im Mund mit der frisch geschlagenen Sahne und dem kräftigen Eierlikör.

„Das kann süchtig machen", lächelte Bielfeld in sich hinein. Erika Friedberg blätterte in einigen Papieren, die auf einem kleinen Tischchen lagen.

„Hier. Ich habe etwas über das Haus gefunden", sagte sie, setzte sich wieder an den Tisch und las den Artikel aus der Bordesholmer Rundschau vor:

„Tradition bewahren und Funktionalität verbessern. In diesem Sinne ließen Birgit und Karsten Behrend das Bordesholmer See-Café in der Heintzestraße Nr. 36 renovieren." „Als wir uns zum Kauf dieses 100 Jahre alten Gebäudes entschieden, wollten wir ihm seinen Charme wiedergeben. Das Haus war immer auch öffentlich genutzt, zum Beispiel als

Bekleidungsgeschäft, als Mittagstisch, Bücherei und Friseurladen. 1976 wurde von Helga Tamm und Helga Schmücker das See-Café eingerichtet", erzählt Karsten Behrend, und seine Frau fügt hinzu:

„Und außerdem wollten wir mit dem Erwerb sicherstellen, dass Vera Kohlmorgen, die über fünfzig Jahre die gute Seele des Hauses war, solange sie wollte, weiter in ihrer vertrauten Wohnung leben konnte." Für die anspruchsvolle Aufgabe, im See-Café Alt und Neu miteinander zu verbinden, gewann das Ehepaar Behrend den Bordesholmer Tischlermeister Hermke Marx. Der griff tief in den Fundus seiner reichhaltigen Erfahrungen und koordinierte die Arbeiten der in der Region ansässigen Handwerker. Denn schließlich musste bei laufendem Betrieb, am offenen Herzen sozusagen, gearbeitet werden: An den Wochenenden konnten die Cafébesucher gleichzeitig Kaffee und Kuchen genießen und den Baufortschritt kommentieren.

„Das See-Café liegt an einem der schönsten Orte, die Bordesholm zu bieten hat, zwischen dem See und der Heintzestraße. Und letztere hat auch etwas zu bieten", sagt Hermke Marx und begründet so den Umbau im Eingangsbereich des Cafés. Durch eine Sitzgruppe und Stehplätze erhält das See-Café eine zusätzliche Ausrichtung nach vorne, zur Heintzestraße hin. Der Kühltresen wurde aufgepeppt, Malermeister Karsten Lütt aus Brügge gestaltete eine ‚Schultafel' für die Angebote, und die Eingänge zur Küche, zu den Toiletten und zur Garderobe erhielten einen Sichtschutz. „Und als ich danach fragte, was sich hinter einer Tür verbirgt, entdeckten wir einen Abstellraum. Den haben wir zu einem Séparée gestaltet, in dem sechs Personen Platz mit Blick auf den See haben", berichtet Hermke Marx.

Jetzt, wo die Arbeiten abgeschlossen sind, ist die Betreiberin des See-Cafés, Claudia Stüben, begeistert.

„Gut war, dass wir immer eingebunden waren und man unsere Anregungen beachtet hat", stellt sie fest. Ihrem aus sieben Mitarbeiterinnen bestehenden Team macht die Arbeit in den renovierten Räumen noch mehr Spaß. 45 Gäste können im Café und zusätzlich 40 auf der Terrasse bedient werden. Dafür stehen ständig wechselnd 15 Torten und 10 verschiedene Kuchen zur Auswahl.

„Alles selbst gemacht!" betont Claudia Stüben, „auch die Zutaten. Aus der Region. Etwa 400 Eier in der Woche werden verbraucht, und die Äpfel für den Apfelkuchen schnibbeln wir selbst. Feinheimisch nennt man das wohl heute."

Das See-Café verspricht ein Café-Erlebnis sondergleichen für Jung und Alt zwischen dem Bordesholmer See und der Heintzestraße. Ob sich der Gast die kultige Eierlikörtorte schmecken lässt, den Kaffee genießt oder einen Digestif zu sich nimmt – die renovierten Räume machen den Aufenthalt zu einem Hochgenuss." Erika Friedberg legte den Artikel zur Seite.

„Na, dann machen wir das See-Café doch zu unserem Hauptquartier. Zumindest in diesem Fall! Und morgen beginnen wir damit. Wir laden die Inhaberin des Frisörsalons zu einer Tasse Kaffee ein und befragen sie."

Am nächsten Tag arrangierte Erika Friedberg das Treffen im See-Café. Dieses Mal gab es aber keinen Kuchen. Sie wählten einen Tisch etwas abseits von anderen Gästen, denn obwohl es erst 14.00 Uhr war, ließen sich einige Gäste bereits Kaffee und Kuchen schmecken. Die Befragung der mittlerweile etwas erholten Frau Kelm erbrachte aber keine konkreten Hinweise auf einen Täter. Erst nach einigen Nachfragen berichtete sie von einem Fall, der ihr sonderbar erschien:

„Jessica erzählte mir von einem Vorfall mit einem erzürnten Kunden. Sie hatte ihm beim Haareschneiden leicht ins Ohrläppchen geschnitten. Auf ihre lustig gemeinte Bemerkung, dass das seiner Schönheit keinen Abbruch tue, hat der Mann völlig humorlos und beleidigt reagiert. Jessica habe erst beim Bezahlen bemerkt, dass der Kunde eine Hasenscharte hatte."

„Kennen Sie den Namen des Kunden?"

„Nein, der Name des Kunden ist nicht bekannt. Er war wohl zum ersten Mal und ohne Anmeldung im Salon."

Ansonsten kenne Frau Kelm keine Feinde oder missgünstige Konkurrenten des Salons oder einzelner Mitarbeiterinnen.

5

„Hier muss doch die Helgoländer Straße irgendwo sein!"
Hektisch blätterte Neumeier in seinem alten, gelblich verbli-
chenen Falk-Plan von Neumünster.
„Blöd, dass der Bora kein Navi hat. Ich komme noch zu spät!"
In seiner Nervosität übersah er fast den kreuzenden Radfah-
rer.
„Hey Du Idiot, meinst Du, die Straße ist für Dich alleine da?
Schalte doch wenigstens Dein Licht an, damit man Dich Affen
überhaupt sehen kann!" Neumeiers Blutdruck erreichte mal
wieder klinische Werte. Zum Glück fand er direkt vor dem
Haus seiner Angebeteten keinen Parkplatz. Der kurze Fußweg und seine Vorfreude auf das Treffen halfen, seine Stimmung zu heben und seinen Blutdruck zu senken. Als er an
der Haustür des schmucken Mehrfamilienhauses den Klin-
gelknopf betätigte, ertönte fast zeitgleich die charmante
Stimme von Frau Fabritz aus dem Lautsprecher:
„Ich komme gleich runter, kleinen Moment."
‚Schade, ich hätte gerne ihre Wohnung kennengelernt. Na,
wenigstens steht kein Kerl auf dem Namensschild', brummel-
te Neumeier vor sich hin.
„Nett, dass Sie mich abholen." Mit einem fröhlichen Lächeln
und einem kräftigen Händedruck begrüßte die LVM-
Servicekraft ihren Chauffeur. „Und hat es mit den Kinokarten
im Savoy geklappt?"
„Ja natürlich. Auch wenn die Ursprungsfassung von Ben Hur
aus dem Jahr 1955 viel besser und populärer ist als die aktuelle von 2016, wird die Vorstellung nicht ausverkauft sein. Es
passen ja über 100 Zuschauer ins Savoy."
Neumeier war leider nicht der große Entertainer und so
musste Martina Fabritz mit ihrer netten und redseligen Art

dafür sorgen, den Gesprächsfluss nicht abbrechen zu lassen. Auch wenn Neumeier peinlich genau die Geschwindigkeits-begrenzungen auf dieser Strecke einhielt, verging dann die Fahrt von Neumünster nach Bordesholm auf der alten B 4 entlang der endlos langweiligen Kieler Straße und vorbei am novembergrauen Einfelder See doch recht zügig.

‚Na, das kann ja ein munterer Abend werden, wenn der immer so temperamentvoll ist', schmunzelte Martina Fabritz in sich hinein. Zum Glück gab es vor dem alten Rathaus in Bordesholm genügend freie und ausreichend große Parkplätze, so dass Neumeiers stümperhafte Einparkkünste nicht weiter auffielen.

„Guten Abend, herzlich willkommen im Savoy!" Mit netten Worten wurden die beiden von der Kassiererin begrüßt.

„Ich hole uns noch etwas zu trinken. Der Film dauert circa dreieinhalb Stunden. Möchten Sie auch einen trocknen Rotwein?" Neumeier fand langsam Gefallen an seiner Gastgeberrolle. Dass sich nur ungefähr zwanzig Zuschauer auf den neuen Plüschsesseln im Kinosaal verloren, störte ihn nicht im Geringsten. Die Fünfziger-Jahre-Atmosphäre mit den roten Nachttischlampen auf den zierlichen Tischchen verbreitete einen ganz besonderen Charme.

„Kennen Sie den Film eigentlich?"

„Nur aus dem Fernsehen, aber im Kino-Großformat sind die Monumentalszenen bestimmt viel besser anzusehen!"

„Naja, gerade das berühmt-berüchtigte Wagenrennen wirkt im TV nicht so beeindruckend."

„Die elf Oscars hat er sich wirklich verdient."

„Die aktuelle Fassung ist ja auch ein Flop geworden."

„Pscht, es geht los, Ihr Quasselstrippen!" Eine resolute Landfrau maßregelte die beiden laut und deutlich. Wenn auch dadurch etwas eingeschüchtert, genoss Neumeier den Filmabend mit Martina Fabritz. Trotz seiner Überlänge bot der alte Hollywood-Schinken mit Herz und Schmerz, Männerfreundschaft und Männerfeindschaft zwischen Judah Ben Hur und Messala, Jesus-Christus-Kreuzigungskitsch, Galerensklavenstress und blutig-spannenden Wagenrennen genügend Abwechslung. So vergingen die dreieinhalb Stunden für Neumeier wie im Fluge. Besonders die kurzen Momente, wenn er den linken Ellenbogen seiner Nachbarin an seinem rechten Arm spüren konnte.

Schüchtern fragte Neumeier seine Begleiterin beim Verlassen des Kinos:

„Darf ich Sie zum Essen einladen? Ich habe, Ihr Einverständnis voraussetzend, einen Tisch im ‚Villa Coloniale' reservieren lassen."

„Sehr gerne", freute sich die Angesprochene, da ihr magengrummelndes Hungergefühl die Furcht vor einem peinlich langweiligen Abend längst besiegt hatte.

In der Villa wurden die beiden wieder nett begrüßt und - nachdem Neumeier seinen Namen genannt hatte - an einen kleinen Tisch am Fenster mit schönem Blick auf die Alte Linde und die Klosterkirche geführt.

„Hier sind immer alle Plätze besetzt, die Küche soll aber auch zu gut sein." Neumeier machte wieder auf Fremdenführer.

„Waren Sie denn noch nie hier?" fragte Fabritz erstaunt.

„Mit wem denn?" entgegnete Neumeier mit traurigem Bernhardinerblick.

„Für Treffen mit Kunden oder Kollegen ist es mir hier zu teuer. Und sonst kenne ich ja keinen zum Essengehen."

‚Ups, das kann jetzt peinlich werden', dachte Fabritz.

„Dann freuen wir uns doch umso mehr, dass wir beiden Hübschen hier so gemütlich zusammensitzen." Schnell hatte sie sich gefangen und ihr sprichwörtlicher Charme gewann die Überhand.

„Also, ich hätte gerne den gebratenen Lachs mit den Rosmarinkartoffeln. Was nehmen Sie?"

Wenigstens in seiner Essenswahl war Neumeier doch sehr männlich und bestellte sich das Riesenrumpsteak mit Pommes Frites. Das vorzügliche Essen und der schmackhafte Rotwein und die nette Atmosphäre in der Villa sorgten für ein entspanntes Gespräch.

„Ich liebe die alten Filme aus den Fünfzigern. Ob deutsche Heimatfilme oder die Monumentalschinken aus Hollywood. Die Guten gewinnen gegen die Bösen und alles wird gut!" Martina Fabritz kam richtig ins Schwärmen.

„Richtig, heute werden nur Probleme, Krankheiten und Kriminalität gezeigt. Nichts zum Entspannen", pflichtete Neumeier ihr bei.

„Naja, die Szenen mit Ben Hurs Mutter und Schwester im Tal der Aussätzigen waren auch traurig genug. Schrecklich, dass Menschen wegen ihres Aussehens und ihrer Erkrankung so ausgegrenzt wurden."

„Ist doch immer noch so", greinte Neumeier und verwies in erstaunlicher Offenheit auf seine Hasenscharte.

„Die sieht man doch gar nicht. Oder fast nicht, finde ich." Martina Fabritz kam ins Stottern.

„Vielleicht sollten Sie unabhängig davon einfach mehr aus Ihrem Typ machen", versuchte sie mutig die Kurve zu kriegen.

„Soll ich mir etwa einen Bart wachsen lassen? Das sieht bestimmt noch dämlicher aus." Neumeier war selbst erstaunt über seine wachsende Vertrautheit.

„Nee, aber ein etwas jugendlicheres Outfit wirkt manchmal schon Wunder. Jeans statt beiger Cordhose. Sweat-Shirt statt weinroter Strickjacke. Gehen Sie mal zu ‚Witte 2' in die Holtenauer Straße in Kiel. Die haben flotte Sachen, auch für Sie!" Langsam fasste sie Mut, der dritte Rotwein an diesem Abend zeigte Wirkung.

„Ihr Auto wirkt doch auch völlig antik und charmefrei. Versuchen Sie doch mal über die Autoschiene etwas Eindruck zu schinden." Sie kam jetzt richtig in Fahrt.

„Der MX5-Roadster von Mazda ist wirklich ein niedliches Autochen. Laut Auto-Bild soll er das Fahrzeug mit dem höchsten Flirtfaktor sein."

„Der sieht zwar sehr flott aus, fast so wie das neue Jaguar-Cabriolet. Aber für meinen Beruf im Außendienst ist er viel zu klein und zu sportlich!" Neumeier freute sich, mit dem Autothema ein vertrautes Terrain betreten zu können.

„Außerdem bin ich von Kindesbeinen an ein überzeugter VW-Fan. Im Käfer aufgewachsen. Und im Golf Eins das Autofahren gelernt."

‚Na, so richtig ja wohl nicht', dachte Fabritz, sich an die Schleicherei auf der Kieler Straße erinnernd.

„Da gibt es doch auch was Fetziges. Dann holen Sie sich das Beetle Cabrio. Gerade das aktuelle Modell ist wirklich schick und trotzdem praktisch. Bei der Allianz-Versicherung, meinem vorherigen Arbeitgeber, gab es mal einen Vertreterbereichsleiter, der den fuhr. Und der war erfolgreich – sowohl im Beruf als auch bei den Frauen!"

„Ach Martina", seufzte Neumeier. Erschrocken über seinen Mut, griff er eilig zum Rotweinglas.

„Können wir denn zum Du übergehen?"

„Gerne Peter." Martina hob schmunzelnd ihren Rotweinkelch und prostete ihrem Verehrer zu. Zu ihrem Glück saßen sie für einen Verbrüderungskuss zu weit auseinander.

6

Peter Neumeier war schon in der Heintzestraße bei Mazda Jürgens gewesen, aber der MX5 war ihm doch zu sportlich. Es fiel ihm schwer in das Auto einzusteigen. Erst muss er sich sehr weit ducken und dann war die Tür zu klein, wo er doch nur ein kleines, kaum erwähnenswertes Bäuchlein hatte. Das erinnerte ihn daran, dass er sich zum Sport bei vitaMAX anmelden wollte. Nein, das war kein Auto für ihn.

Inzwischen ist er ein paarmal beim ‚Autohaus Kath' vorbeigegangen und schließlich auch in das Geschäft, weil dort ein VW-Beetle-Cabrio stand, wie ihn Martina Fabritz vorgeschlagen hatte. Ihm gefiel das Auto, da würde er sicher die Aufmerksamkeit einiger Leute erfahren. Speziell der Frauen. Und das war etwas, was Peter Neumeier bis heute verweigert war.

26.000.-€ waren eine Stange Geld. Da musste er sehen, wie er das wuppt. Immerhin bekommt er ja noch Geld gutgeschrieben für seinen alten Bora, und den Rest könnte er mit kleinen Raten schaffen. Inspektionskosten, Versicherung, Steuern und Benzin vernachlässigte er erst einmal.

„Hallo Herr Neumeier, schönen guten Tag." Herr Trautmann hatte ihn bei der Suche nach seinem Auto beratend zur Seite gestanden. Es war ein sehr freundlicher Herr. Der wusste genau, was Peter Neumeier suchte. Auf alle Einwände hatte er die richtige Antwort, und heute war der Tag, an dem Peter Neumeier sein neues Auto abholen konnte. Er war aufgeregt und konnte es kaum erwarten. Das Auto stand herausgeputzt mit ‚seinem' Nummernschild vor dem Geschäft auf den Parkplatz. Als er herantrat, sah er, dass auf dem Sitz ein Blumenstrauß lag.

„Herr Neumeier, wir haben für Sie alles erledigt, hier sind die Schlüssel, und der Fahrzeugschein. Den Brief bekommen Sie, wenn die letzte Rate bezahlt ist. Schauen Sie sich bitte alles in Ruhe an, auch die Bedienungsanleitung."

‚Wozu soll ich mir die Bedienungsanleitung anschauen', dachte Neumeier. ‚Das ist doch nicht das erste Auto, das ich fahre. Denkt der, ich habe keine Ahnung? Außerdem habe ich keine Zeit, ich muss los, um Martina rechtzeitig von der Arbeit abzuholen.' Sie hatten sich zu einer Spritztour verabredet.

Wie er es von der Fahrschule gelernt hatte, stellte er erst die Sitzfläche und dann die Rückenlehne ein. Er wollte die Arme gestreckt zum Lenkrad haben, wie er es bei diversen Autorennen gesehen hat. Das sieht cool aus. Das Auto sprang ohne Probleme an, nicht wie sein alter Bora.

Martina stand schon vor der Tür der Firma und wartete auf ihn. Freudestrahlend kam sie auf ihn zu. „Das ist aber ein auffälliges Auto mit der orangen Farbe", begann sie diplomatisch, öffnete die Beifahrertür und entdeckte die Blumen auf dem Sitz.

„Oh, das ist aber aufmerksam von Dir. Da freue ich mich sehr."

„Ja", erwiderte Neumeier, „die habe ich noch schnell besorgt. Was hältst Du davon, eine kleine Tour zum Einfelder See zu machen?"

„Das ist eine gute Idee", erwiderte sie lachend. „Es ist für diese Jahreszeit solch ein schönes Wetter, können wir nicht das Verdeck aufklappen?"

Neumeier stockte. ‚Wie geht das Verdeck auf?' Er schaute auf das Armaturenbrett und sah eine Taste mit dem Symbol eines offenen Verdecks. Aber als er die Taste drückte, passierte nichts. Erschrocken drehte er den Zündschlüssel und drückte abermals auf den Schalter mit dem Symbol. Wie durch ein Wunder öffnete sich das Verdeck von allein. Neumeier blickte Martina triumphierend an.

„Das ist ja toll, wie das funktioniert." Martina sah Neumeier strahlend an.

‚Mann, sieht die gut aus, wie sie einen so lachend ansieht mit ihrem Strauß Blumen in den Armen.' Neumeier war hin und weg.

Und los ging die Fahrt Richtung Neumünster. Vor dem Einfelder See bog er rechts ab Richtung Mühbrook und parkte gleich bei der ersten Möglichkeit. Viel Benzin war nicht im Tank, und so mochte er nicht so weit fahren. Aber der Ausblick auf den See war schon von hier aus wunderschön. Er stellte den Motor ab. Es entstand eine peinliche Ruhe.

„Das Hotel hat wohl noch auf, aber Gäste scheinen nicht dort zu sein", versuchte Peter Neumeier das Gespräch am Laufen zu halten.

„Hmm ja", erwiderte Martina und wechselte das Thema. „Das Wetter scheint umzuschlagen, es kommen immer mehr Wolken auf."

Peter Neumeier summte ein Lied.

„Was ist das für ein Lied?" fragte Martina.

„Ach, das ist nur ein Weihnachtslied, das ist im Moment bei mir so ein Ohrwurm, das werde ich wohl nicht so schnell los", antwortete Peter Neumeier erschrocken. Er netzte mit der Zungenspitze die Hasenscharte und setzte alles auf eine Karte. Er beugte sich zur ihr hinüber und machte einen spitzen Mund.

Erschrocken drehte Martina ihren Kopf weg und stieß Neumeier zurück. Im Zurückfallen blieb er mit seiner Hosentasche am Schalthebel hängen und riss sich das Hosenbein bis zum Knie auf. Sein weißes, behaartes Bein und seine ‚Sloggi longlive Feinrippunterhose' kam zum Vorschein. Als Kontrast zu den weißen Beinen bekam Neumeier einen roten Kopf. Die peinliche Situation war kaum zu überbieten. Martina konnte sich nicht mehr beherrschen und lachte lauthals, bis Neumeier der Faden riss und er ihr eine Ohrfeige gab. Martina blieb das Lachen förmlich im Hals stecken.

„Bist du bescheuert?" schrie sie ihn an.

Peters Gedanken überschlugen sich. Wie kam er am schnellsten aus dieser Situation? Mit zittrigen Händen startete er den Wagen. Zu allem Überfluss fing es an zu regnen. Schneeregen. Auf der Straße drückte er vergeblich auf den Knopf, der das Verdeck schließen sollte. Wütend drückte er immer wieder auf den Schalter, während der Schneeregen auch vor den schönen neuen Polstern seines Autos keinen Halt machte. Erst als er an der Hauptstraße anhielt, um den Verkehr vorbeizulassen, ging das Verdeck zu. Mit durchdrehenden Rädern fuhr Neumeier auf die Hauptstraße Richtung Neumünster.

Hätte er die Bedienungsanleitung gelesen, wüsste er, dass das Verdeck aus Sicherheitsgründen nur bei einer Geschwindigkeit unter 50 km/h schließt.

An der ersten Ampel in Neumünster machte Martina ihren Sicherheitsgurt los, öffnete die Autotür und sprang aus dem Auto. Bevor sie die Tür zuschmiss, warf sie wütend den Blumenstrauß auf den Sitz. Sie sah nicht mehr so schön aus mit ihren nassen Haaren. Ein Bild, das Peter Neumeier nicht so schnell vergessen würde.

7

"Na, Herr Neumeier, willst Du uns Deinen neuen Boliden vor-
führen? Oder hast Du wieder einen Großbrandschaden zu
regulieren?"
Matthias Teupke begrüßte auf dem Parkplatz vor der LVM-
Agentur den Schadenregulierer aus Kiel in seiner humorig
flapsigen Art.
„Zum Glück ist mein Bolide ja bedeutend schicker als Eure
weiß-grünen Dienstwägelchen!"
Für seine Verhältnisse antwortete Neumeier sehr selbstbe-
wusst.
„Aber ich habe tatsächlich zwei Schäden mit Dir zu bespre-
chen. Zwei Deiner Kunden haben Ansprüche aus dem
Wildhof-Feuer geltend gemacht."
„Na, komm' rein. Aber vorher zeig' mir mal Dein neues Auto.
Kriegst Du das Verdeck denn jetzt auf und zu? Oder hast Du
Dir die Bedienungsanleitung immer noch nicht durchgele-
sen?"
Neumeiers Gesichtsfarbe wechselte von schweinchenrosa in
weinrot.
„Was soll das denn jetzt heißen?"
„Olaf Radant hatte vorgestern mit Martina Fabritz zu tun.
Und die erzählte von Eurem tollen Ausflug nach Mühbrook."
Neumeiers Teint bekam jetzt die Tönung einer unbehandel-
ten Raufasertapete.
„Was hat die dumme Kuh denn zu erzählen gehabt?"
Matthias Teupke genoss sichtlich die heikle Situation. Mit
breitem Grinsen ließ er Neumeier in dessen Ungewissheit
zappeln.
„Da musst Du Olaf fragen, der hat ja mit Frau Fabritz gespro-
chen. Ich habe nur etwas von einem 'Wünsch-Dir-Was-

Blumenstrauß', einem Regenschauer bei offenem Cabriodach und einer heißen Kussszene gehört."

Neumeier war wieder kurz vorm Herzinfarkt. Seine Gesichtsfarbe ähnelte jetzt dem Knall-Orange seines Beetle-Cabriolets.

„Na, die Hälfte davon kannst Du streichen. Und Schuld an der Regenschauer-Geschichte ist nur der blöde VW-Verkäufer. Der hatte mir bei der Fahrzeugübergabe nicht erzählt, wie das Verdeck zu öffnen und zu schließen ist. Aber diesem arroganten Schnösel werde ich es zeigen! Den werde ich bei seinem Vorgesetzten gefährlich anschwärzen! Oder so! Rache ist Blutwurst!"

„So, nun komm' erst mal rein. Und beruhige Dich wieder. Und lass uns über die beiden Schäden sprechen."

Sichtbar schlechtgelaunt und mit heruntergezogenen Angela-Merkel-Mundwinkeln folgte Neumeier dem fröhlich ausschauenden Matthias Teupke in die LVM-Agentur.

8

Renate Saubermann arbeitete schon mehrere Jahre als Sekretärin bei einem Sozialen Netzwerk. Aber mit einer 30 Stunden Woche kam sie nicht so richtig aus dem Sumpf. So hatte sie jetzt den zusätzlichen Job bei 'VW Kath' als Raumpflegerin angenommen. 'Raumkosmetikerin' sagte sie immer scherzhaft. Sie nahm sich selber nicht so ernst. Auf jeden Fall konnte sie sich ein Kleinkraftrad leisten und war jetzt flexibler und die Raten waren nicht viel teurer als die Bustickets.

Vor einem Jahr hatte sie im Internet einen Freigänger kennengelernt, der ihr sehr sympathisch rüberkam. 'Pommes' hatte nur noch ein halbes Jahr abzusitzen und wollte dann mit ehrlicher Arbeit einen Neuanfang beginnen. Renate hatte keine Bedenken, da er nur wegen eines Wirtschaftsdeliktes seine Strafe absaß. Pommes hatte auch ein Kleinkraftrad, und wenn sie ehrlich war, hatte sie sich auch deshalb eins angeschafft. Nun machten sie öfters gemeinsame Touren, die ihr sehr viel Spaß bereiteten. Pommes half ihr auch bei kleineren Reparaturen.

Renate ließ alles noch einmal Revue passieren und überlegte, ob sie zufrieden mit ihrem Leben war, als sie vor dem Autohaus Kath anhielt und das Moped aufbockte.

'Nanu', dachte sie, 'arbeiten die immer noch?' An einem Schreibtisch im Verkaufsraum brannte noch Licht, und hinten beim Serviceleiter im Büro auch. Die Eingangstür war offen und als Renate sie hinter sich abschließen wollte, rief ihr der Verkäufer Trautmann zu:

„Lassen Sie ruhig die Tür auf, ich mache gleich Feierabend."

Erst jetzt sah Renate, dass im Halbdunkel der Serviceleiter bei ihm stand. Im Vorbeigehen, hörte Renate, wie Herr Droese zu Trautmann sagte:

„Man, Sie sind ja ein richtiges Verkaufsgenie geworden. Letztens den orangenen VW Beetle, der wie Blei im Verkaufsfenster stand, und jetzt diesen alten Jetta. Wissen Sie schon, was Sie mit der Prämie machen wollen?"

Renate Saubermann bekam nichts mehr vom Gespräch mit, da sie an ihrem Wirtschaftsraum ankam. Nachdem sie ihre Kleider gewechselt hatte, machte sie sich an die Arbeit. Sie war ganz in Gedanken und so merkte sie nicht, dass Trautmann sich verabschiedete. Noch weniger bekam sie mit, dass kurz darauf eine dunkle Gestalt durch die Eingangstür in den Verkaufsraum huschte.

„Soll ich das Licht ausmachen, Frau Saubermann?" rief ihr Herr Droese kurze Zeit später im Hinausgehen zu.

„Ja bitte", rief Renate erschrocken zurück. ‚Blödsinn' dachte sie, ‚ich muss doch gleich in sein Büro.' Renate Saubermann schüttelte ihren Kopf, ‚ich muss mich mehr auf meine Arbeit konzentrieren.' Sie hatte alle Papierkörbe geleert. Jetzt machte sie sich an den Fußboden. Ein Halskratzen machte sich bemerkbar und erinnerte sie an ihr Asthma. Der Griff nach ihrer Sprayflasche in der Schürze und das Einatmen gingen ihr automatisch von der Hand. Trotzdem hatte Renate Atemnot. Sie stutzte, zweimal sprühen? Das brauchte sie noch nie. Na ja, ihre Krankheit wurde ja nicht besser. Im hinteren Teil des Verkaufsraumes hatte sie das Licht schon ausgeschaltet und so bekam sie nicht mit, dass der Raum sich vom Ersatzteillager her mit Rauch füllte. Renate musste sich setzen, ‚verdammt, so schlecht ging es ihr noch lange nicht.' Ihr wurde schwindelig, und sie torkelte, bis sie hart auf die Steinfliesen aufschlug.

*

Armin Droese hatte schlecht geschlafen, unruhig hatte er sich immer wieder im Bett gedreht, bis er aufgestanden ist. Dabei musste er lachen, weil er an den Witz von Herrn Müller dachte:

Als Frau Müller in den Himmel kam, fragte Petrus sie, ob sie einen Wunsch hat.

„Ja", antwortete Frau Müller, „Ich möchte bei meinem Mann sein, der vor ein paar Jahren gestorben ist."

„Hm", meinet Petrus, „das ist aber schwer, es gibt so viele Müller, wie soll ich den denn finden? Hatte der ein besonderes Merkmal?"

„Bevor er starb, sagte er, wenn ich fremdgehe, würde er sich im Grab umdrehen."

Petrus Augen wurden groß und er sagte: „Ach so, sie meinen Kreiselmüller!"

Schon als Armin Droese früh auf den Parkplatz fuhr, sah er, dass im Verkaufsraum noch Licht brannte.

„Das ist ja merkwürdig, hatte die Reinmachefrau vergessen das Licht auszumachen?" Als er die Tür öffnete, roch er sofort den Rauch. Erschrocken rief er nach Frau Saubermann. Aber er bekam keine Antwort. Die Luft anhaltend lief er nach hinten und sah Frau Saubermann auf dem Boden liegen. Er konnte seine Luft nicht mehr lange anhalten, und so griff er nach ihren Armen und zog sie Richtung Ausgangstür. Wie eine Spur zogen sich ihre Utensilien wie Schuhe, Spraydose und Schlüssel im Verkaufsraum hin.

Hektisch griff er nach dem Handy in seiner Jackentasche, das ihm beim Herausziehen prompt auf den Boden fiel, und als er danach griff, drehte es sich im Kreis. „Schei...", ...er wollte sich das Wort doch abgewöhnen, immer wenn man es eilig hat, passiert einem sowas', dachte er.

„Wir brauchen sofort einen Rettungswagen, die Feuerwehr und die Polizei" schrie er ins Handy. Nachdem er die Adresse durchgegeben hatte, wandte er sich Frau Saubermann zu. ‚Und jetzt zu dir' murmelte er. ‚Wie war das doch gleich? Dreimal Mund zu Mund und zehnmal Brustkorb drücken?' Er schaute sich ihren Mund an und murmelte, „vielleicht erst die Brust zehnmal, und wenn dann der Rettungswagen mit dem Arzt schon da ist..." Droese hoffte vergebens. Es dauerte geschlagene zwanzig Minuten, bis der Arzt eintraf. Droese war total fertig mit seinen Nerven und durchgeschwitzt.

„Wir übernehmen." Der Arzt schlug Droese auf die Schulter. Er steckte Frau Saubermann einen Tubus in den Rachen, schloss einen Schlauch an, an dessen Ende ein kleines Beatmungsgerät seine Arbeit übernahm. ‚Das kann ich auch', grunzte Droese.

Die Feuerwehr war inzwischen angekommen und hatte einen Löschschlauch durch den Verkaufsraum in das Ersatzteillager gelegt. Einer der Feuerwehrleute kam auf Droese zu:

„Sind Sie derjenige, der uns angefordert hat?"

„Ja" antwortete Droese, „ich bin der Serviceleiter."

„Das ist ein Schwelbrand", fuhr der Feuerwehrmann fort, wir müssen das Lager ausräumen, vor Allem die Reifen und Ölfässer."

„Das machen Sie am besten von hinten, durch die Werkstatt, dort kommen Sie direkt ins Ersatzteillager." Droese war völlig fertig mit seinen Nerven. Hinter sich hörte er einen Polizisten ins Handy sprechen,

„Ja, schick mal Friedberg oder Bielfeld vorbei, da hat wohl unser kleiner Feuerteufel zugeschlagen. Vermutlich wurde wieder mit Brandbeschleuniger gearbeitet. Wie soll sich sonst so ein Feuer entzünden?"

Droese kratzte sich am Kopf, ‚stimmt, wie soll sich das Feuer entzünden', wiederholte er.

„Können Sie mal zur Seite gehen?" schnauzte ein Feuerwehrmann Droese an. „Sie stehen im Weg." Tatsächlich wurde der Löschschlauch aus dem Verkaufsraum gezogen und die Tür zum Ersatzteillager geschlossen.

„Sie können jetzt den Verkaufsraum lüften, oder die Autos später zum Sonderpreis verkaufen. Den Geruch vom Qualm bekommen Sie nachher nicht mehr aus den Polstern heraus", sprach ihn der erste Feuerwehrmann an, der offensichtlich der Einsatzleiter war.

Inzwischen kamen immer mehr Angestellte.

„Was ist denn hier passiert?" war immer wieder Frage. Langsam sammelte Droese sich und übernahm das Kommando.

„Als Erstes alle Türen zum Lüften auf, Kaffee bereitstellen und dann zur Besprechung in meinem Büro." Gerade als alle seine Angestellten sich im Büro versammelt hatten, wurde Droese wieder nach draußen bestellt.

„Ich habe jetzt keine Zeit", rief er seiner Sekretärin zu.

Doch die antwortete nur: „Die Kripo, ein Herr Bielfeld ist da." Droese knallte seinen Kugelschreiber auf den Tisch und blickte in die Runde, „ich komme gleich wieder" und schritt nach draußen.

„Bielfeld, Kripo Kiel, ich habe da mal ein paar Fragen." Bielfeld hielt Droese seinen Ausweis vor die Nase, und kam gleich zur Sache.

„Sie sind Herr Droese, der Serviceleiter? Wann haben Sie das Feuer entdeckt?"

„So um zirka sechs Uhr morgens, und ja ich bin der Serviceleiter und wegen der nächsten Frage. Nein, ich komme nicht immer so früh zur Arbeit, ich habe schlecht geschlafen."

„Prima", erwiderte Bielfeld. „Haben Sie eine Ahnung wer das verursacht haben könnte? Will Ihnen jemand schaden?"

Droese wurde kribbelig: „Was ist prima? Dass ich schlecht geschlafen habe?"

„Nein", antwortete Bielfeld, „ich habe auch schlecht geschlafen."

Bielfeld liebte die Wortspielereien, sie verhinderten, dass sein Gegenüber sich konzentrieren konnte. Es könnte ja sein, dass das Geschäft schlecht lief und der Gegenüber seinen Laden warm abreißen möchte, sprich: Die Versicherung soll zahlen.

Droese sortierte seine Gedanken:

„Wir hatten ein Gerichtsverfahren am Hals. Ein Kunde hatte Anzeige erstattet, weil nach einer teuren Reparatur von uns sein Auto nach kurzer Zeit wieder defekt war. Aber der neue Defekt hatte mit unserer Reparatur nichts zu tun und das Gericht gab uns recht. Natürlich ist der Kunde jetzt sauer auf uns."

„Wir brauchen den Namen und Adresse des Kunden, wir müssen sein Alibi überprüfen", erwiderte Bielfeld.

Droese nickte, „unsere Sekretärin kann Ihnen die Unterlagen geben."

Bielfeld schaute auf seine Uhr, er musste Friedberg informieren. An den Serviceleiter gewandt sagte er:

„Hier haben Sie meine Karte, wenn Ihnen noch was einfällt, melden Sie sich." Kurz darauf klingelte Bielfelds Handy. Resigniert ließ er nach dem Gespräch die Arme sinken. Frau Saubermann ist auf dem Weg ins ‚Friedrich-Ebert-Krankenhaus' gestorben.

9

"Serienbrandstiftung ist ein schwerwiegendes Problem, das wir immer noch nicht richtig im Griff haben. Deshalb ist es wichtig, dass die Ermittler sich ein umfassendes Wissen über Täterprofile und Motivationen aneignen. Aus diesem Grund stelle ich Ihnen Professor Dr. Werner Lorenzen vor. Herr Lorenzen ist Psychiater, hat sich in die Tiefen von Pyromanenseelen hinein gegraben. Er ist als Gutachter bei Gericht tätig und hat einige Bücher zum Thema veröffentlicht. Ihnen, meine Dame und meine Herren von der SOKO 8/2017 Feuerteufel wird Herr Lorenzen seine Erfahrungen und Kenntnisse unbürokratisch auf dem kurzen Dienstweg zur Verfügung stellen. Die SOKO ist hiermit eingesetzt. Sie, Frau Friedberg und Herr Bielfeld, sind von anderen Diensten freigestellt. Für Oberbrandmeister Tanne regelt das seine Dienststelle. Ich wünsche Ihnen viel Erfolg." Der Polizeioberrat erhob sich und verließ das Besprechungszimmer. In der Tür drehte er sich noch einmal um:

„Sie haben natürlich immer direkten Zugang zu mir oder meinem Vertreter. Berichte erwarte ich wöchentlich."

„Denn man to!" Hauptkommissar Bielfeldt, von den Beamten der Ranghöchste, spuckte in die Hände und rieb sie ineinander. „Herr Dr. Lorenzen, können Sie aufgrund der drei Brände in Bordesholm schon Umrisse eines Täterprofils entwickeln?"

„Ohne Dr. bitte. Un platt künnt wi ook snacken, ik kaam vun Büdelsdörp weg. Aber zur Sache: Nein, für ein Täterprofil ist es viel zu früh, und es liegen auch nicht genügend Erkenntnisse vor. Aber ich kann Ihnen allgemein sagen, dass viele Täter unter Minderwertigkeitskomplexen und enormer Kränkbarkeit leiden. Eine Lebenskrise, Probleme mit der

Freundin, der Familie, eine nicht bestandene Prüfung reichen aus, um sich zu einem unüberwindlichen Gebirge aufzutürmen. Manch gefasstem Täter war anzumerken, wie er es genoss, wenn Freunde und Familie ihm plötzlich Beachtung schenken."

„Dann müssen wir Ihnen fix Futter liefern. Wir drei bewegen uns noch einmal zum Autohaus Kath. Dort hat die Spurensicherung ihre Arbeit abgeschlossen. Herr Tanne kann uns bitte den Bericht übersetzen, so dass wir schlichten Kriminalen ihn auch verstehen. Ich würde mir die Örtlichkeiten auch gerne noch einmal ansehen, vielleicht können wir auch jemanden befragen." Die SOKO 8/2017 Feuerteufel machte sich an die Arbeit.

Oberkommissarin Friedberg steuerte den Dienstwagen. Wilhelm Bielfeld war Beifahrer, und der Feuerwehrmann hatte auf dem Rücksitz Platz genommen.

„Ich bin gestern zur Oberkommissarin befördert worden", setzte Erika Friedberg an, um von ihrem Kollegen sofort unterbrochen zu werden: „Und das völlig zu Recht." Bielfeld wandte sich zu dem Feuerwehrmann um: „Zuletzt hat sie sich in den Ermittlungen mit dem Giftwasser hervorgetan. Den verzwickten Fall mit dem Grab auf der Insel hat sie fast im Alleingang gelöst, und Bombenstimmung ließ sie bei dem Terroristen Raffael gar nicht erst aufkommen…"

„Schon gut, Wilhelm, aber eine Lobhudelei wollte ich nicht lostreten. Ich will Euch, wenn wir bei Kath durch sind, ins See-Café zu einer Tasse Kaffee und einem Stück Eierlikörtorte einladen."

Der Feuerwehrmann Tanne kam nicht richtig dazu, der Oberkommissarin zu gratulieren, da hatte man das Ziel erreicht. Der brandsachverständige Feuerwehrmann bewegte sich durch das verkohlte Ersatzteillager wie ein Jagdhund auf

Fährte. ‚Da, dort, nein, das nicht.' Er schien mit sich selbst zu sprechen. Erika Friedberg erbat vom Servicedienstleister der Firma Kath eine vollständige Liste aller Kundenkontakte der Filiale in den letzten vier Wochen. Kopfschüttelnd machte der sich mit Hilfe einer Bürokraft am Computer zu schaffen. Für Hauptkommissar Bielfeld gab es offenbar nichts zu tun. Er ließ sich von einem Autoverkäufer den neuen Golf GTI zeigen. Es wurde Zeit für ein neues Auto.

Im See-Cafe war Oberbrandmeister Tanne nicht zu bremsen. Das Feuer war sein Ressort. „Ein Brandursachenermittler muss sich in einen Brandstifter hineinversetzen können. Dafür muss man wissen, wie es geht. Dazu gehören dann aber auch noch die nötigen wissenschaftlich-technischen Kenntnisse. Man muss sich zum Beispiel auskennen, wie chemische Substanzen reagieren oder wie elektrische Anlagen oder Lüftungen bei einem Brand wirken, wo sich Ruß absetzt und wie Brände sich ausbreiten können."

„Und was sagt Dir Deine Brandspürnase? Wie heißt Du eigentlich vorne? Wir werden uns doch sicher duzen, nicht wahr?" fragte Erika Friedberg.

„Natürlich, gerne. Ich bin Detlev. Mit ‚v'. Und nee, wie die Brände gelegt wurden, weiß ich auch nicht. Es muss eine Verzögerung gegeben haben, der Täter war längst weg, als das Feuer sich richtig entfaltete. Aber einen Zeitzünder oder sowas haben wir nicht gefunden."

Die Bedienung brachte Kaffee und Eierlikörtorte. Noch einmal wurde der Oberkommissarin zum verdienten Aufstieg gratuliert.

„Irgendwie passt der Waldbrand nicht in das Schema. Ich weiß nicht…", überlegte Detlev Tann. „Und wie geht es jetzt weiter?"

„Unsere frisch beförderte Kollegin hat sich Kundenlisten der beiden geschädigten Geschäfte geben lassen. Sie steckt nach ihrem Aufstieg so voller positiver Energie, dass sie heute Abend noch einen Abgleich vornehmen wird. Und morgen sehen wir dann, wie viele Treffer es gibt. Dann beginnt das Klinkenputzen. Vorher haben wir noch einen Termin im Rathaus. Wir Beteiligten treffen dort die Wehrführer der Feuerwehren. Dr. Lorenzen wird auch da sein. Der scheint übrigens ganz sympathisch für einen Seelenklempner, nicht?" Zustimmendes Kopfnicken bestätigte Bielfelds Einschätzung.

10

Karl-Heinz setzte sich zu den Rentnern am Kaffeestammtisch bei Bäcker Andresen, fummelte den Regionalteil aus der Zeitung, knallte ihn auf den Tisch, dass der Kaffee in den Tassen schwappte, und rief:

„Nu kiekt ju dat an!"

Alle starrten auf den Artikel. Über einem Foto von verkohlten Räumen des Autohauses knallte die Überschrift ins Auge:

Feuerteufel unterwegs. Wann endlich wird der Täter gefasst?

Schon wieder! Die Spuren im Autohaus Kath deuten auch diesmal auf vorsätzliche Brandstiftung hin. Die Polizei wirkt überfordert. Wer schützt die Bürger und ihr Eigentum?

„Aufgrund der vorgefundenen Spuren geht die Polizei von vorsätzlicher Brandstiftung aus", heißt es in deren Pressebericht. Der Schaden wird auf 150.000 Euro geschätzt. Ob der Brand in Zusammenhang mit der Brandserie in diesem Gebiet steht, ist laut Angaben der Polizei derzeit nicht gesichert. Es sei aber anzunehmen. Die Serie, die mit dem Waldbrand im Wildhof begann, hält Feuerwehr, Polizei und Behörden in Atem. Aber die Aktivitäten reichen besorgten Bürgern nicht mehr aus. „Außer Annahmen und Aufrufen zu Zeugenaussagen geschieht nichts", mokiert sich ein Gemeindevertreter, der seinen Namen nicht gedruckt sehen möchte. Aber er kündigt an: „In dieser Situation und bei der gesamten Sicherheitslage scheint es mir an der Zeit, über eine Bürgerwehr nachzudenken. Ich werde mit meiner Fraktion einen Antrag zur Sicherheit in der Gemeinde erarbeiten und schnell vorlegen."

Viele Bordesholmer fragen sich, warum die Behörden sie auf einer Seite mit großer Energie wegen kleinster Delikte drangsalieren, während sie gleichzeitig die Brandanschläge nicht in den Griff bekommen. Wer falsch parkt, sich nicht anschnallt oder zu schnell fährt, kassiert ein Knöllchen. Auch das Vorgehen der Politik empört die Bürger. Einer von ihnen ist Sven F. (34) aus der Finnenhaussiedlung. „Die Politiker regeln jeden Dreck, machen ein Bohei um den Baum bei den Fahrradständern, aber für unsere Sicherheit tun sie nichts. Ich bin bereit, nachts Streife zu gehen. Oder mich versteckt auf die Lauer zu legen", sagte F. dieser Zeitung. Ein 74-Jähriger, der mit seiner Frau seit 30 Jahren in Alt-Bordesholm lebt, sagt geradeheraus: „Was wir hier brauchen, ist eine Art Bürgerwehr." Mit Nachbarn diskutiert er seit Tagen über Möglichkeiten, als Anwohner aktiv vorzugehen. Aber die Diskussion sachlich zu führen, falle angesichts der Wut einiger Nachbarn auf die Täter schwer: „Einige haben mir gesagt, dass sie sich jetzt bewaffnen wollen." Ihm selbst schwebt eine andere Variante vor: Freiwillige sollten eine Stunde pro Nacht in der Nachbarschaft auf Streife gehen und die Polizei bei Verdachtsfällen alarmieren.

Karl-Heinz hatte den Artikel mit erregter Stimme laut vorgelesen. Ansätze, ihn zu unterbrechen, hatte er mit einer Handbewegung weggewischt. Jetzt blickte er bedeutungsvoll in die Runde und sagte:
„Wat seggt ji dortau?"
Alle redeten durcheinander. Was sich während des Vorlesens aufgestaut hatte, musste raus.
„Sollen wir uns bei der Bürgerwehr anmelden? Steht da, wo das geht?" fragte Friedrich.

„Nee, steiht dor nich. Aver ik glööv, dat is eher wat för jüngere Lüüd. Wi künnt sachts blots beluern, wenn sik wo wat deit, un denn Alarm slagen", meinte Karl-Heinz.

Ein Räuspern bedeutete, dass der Amtsrichter a.D. seine Meinung kundtun wollte: „Nun lasst mal die Kirche im Dorf. Was ist denn schon geschehen? Drei Brände hat es gegeben. Das wird im Blatt so dargestellt, als ob das halbe Dorf bereits in Schutt und Asche liegt. Die Behörden werden schon ihre Pflicht tun. Ich vertraue darauf."

Der alte Sozialdemokrat pflichtete ihm bei. Er zeigte seine Sprachkenntnisse und seine Belesenheit zu gerne: „Only bad news are good news. Diese alte Weisheit der Journalisten gilt heute schon für die Lokalzeitungen. Was früher der BILD-Zeitung vorbehalten war, ist inzwischen in die Lokalredaktionen eingezogen. Verständlich ist das. Die müssen sich gegen Fernsehen, Online-Zeitungen und soziale Netzwerke durchsetzen." Er machte eine Pause, nahm einen Schluck von seinem Café Crema und fuhr fort: „Übrigens ist diese Methode nicht neu. Bereits im Mittelalter hieß es: ‚Diu boesen maere werdent wit. Daz guote maere schier gelit' was heißt: Die böse Nachricht nimmt immer zu. Gute Nachricht kommt bald zur Ruh'. Und mit dem Unsinn einer Bürgerwehr will ich nichts zu tun haben."

Ursula meldete sich zu Wort. Sie wartete immer ab, ließ die anderen ihre Meinung loswerden, und verstand es oft, den Sack zu schließen: „Mag ja sein, dass die Polizei im Dunkeln tappt. Aber geht es uns mit unserem Sicherheitsbedürfnis nicht ebenso? Von wem drohen uns denn Gefahren? Wer legt die Feuer? Flüchtlinge, Reichsbürger, Jugendliche? Nein, wir können nicht alle unter Verdacht stellen. Wir müssen weiterleben wie bisher – vielleicht ein wenig aufmerksamer."

„Hest ja recht." Murmelnd löste sich die Kaffeerunde auf. „Bet morgen…"

11

„So, was haben wir?" fragte Bielfeld Erika Friedberg.

„Nicht viel", antwortete Friedberg. „Drei Brände, mit an Sicherheit grenzender Wahrscheinlichkeit Brandstiftung. Einer im Frisörladen ‚Kamm und Schere' und der andere im ‚Autohaus Kath'. Zwei Tote, einmal die Angestellte Jessica Glindemann aus ‚Kamm und Schere' und die Reinmachefrau Renate Saubermann vom ‚Autohaus Kath'. Und dann noch den Waldbrand."

„Verdächtige?", hakte Bielfeld kurz nach.

„Ein Kunde vom Autohaus Kath, und/oder erfahrungsgemäß ein Mitglied der Feuerwehr. Sonst fällt mir nichts mehr ein", erwiderte Friedberg.

„Setz dich mit der Chefin von ‚Kamm und Schere', Frau Kelm, in Verbindung und frag nochmal nach, wer sonst noch verdächtig sein könnte. Ich fahre zum ‚Autohaus Kath' und spreche mit dem Chef, Moment mal." Bielfeld kramte eine Visitenkarte aus seiner Tasche. „Mit Herrn Marco Knodel – Verkaufsleiter."

Bielfeld kratzte sich am Kinn: „Wir wissen noch zu wenig. Uns fehlen Fakten und das Motiv."

„Ja, ja. Ich weiß, Wissen ist Macht", gab Friedberg zum Besten.

Bielfeld musste grinsen. „Aber ich weiß nichts", antwortete er.

„Macht nichts", erwiderte Friedberg lachend und verabschiedete sich.

Eine Zeit lang fuhren sie hintereinander, bis Bielfeld kurz nach dem Ortsschild Bordesholm links auf den Parkplatz vom Autohaus Kath abbog. Friedberg fuhr noch ein paar Meter weiter, um rechts auf die Tankstelle abzubiegen. Sie musste tanken und wollte Frau Kelm benachrichtigen, dass sie auf dem Weg zum Treffpunkt im Bordesholmer ‚See Café' ist. Nachdem sie getankt hatte, ging sie in Gedanken noch einmal durch, was sie Frau Kelm fragen wollte und schaute in ihr Notizblock. Mit Schrecken sah sie, dass Frau Kelm über einen unzufriedenen Kunden mit einer Hasenscharte berichtet hatte.

‚Mann, dass ich den vergessen habe'! Sie schimpfte in sich hinein. Das war ihr richtig unangenehm. ‚Das habe ich total verbockt. Wofür habe ich denn meinen Notizblock? Ich glaube, ich bin urlaubsreif. Ich werde Bielfeld nach meinem Gespräch mit Frau Kelm informieren', nahm sie sich vor. ‚Und Bielfeld hat auch nicht daran gedacht. Er hat ja keine Notizen gemacht.'

Frau Kelm hatte gerade Ihren Frisörsalon besichtigt, um aufzulisten, was alles unbrauchbar war beziehungsweise was gemacht werden muss. Einen Container hatte sie bestellt und ihr wurde zugesagt, dass der noch heute aufgestellt wird. Man könnte also morgen schon beginnen, alles Verbrannte und Angesengelte rauszuschmeißen. Es musste ein Kostenvoranschlag erstellt werden und sie musste entscheiden, ob sie sich mit der Summe von der Versicherung zufriedengeben würde. Einen Termin hatte sie von der Versicherung bekommen. Ein Schadensregulierer hatte sich angekündigt. Es war immerhin die Möglichkeit, den Salon nicht nur zu renovieren, sondern auch zu modernisieren.

Ihr Handy klingelte, und sie bestätigte die Verabredung mit Frau Friedberg von der Kripo im See Café nebenan.

Erika Friedberg hatte gegenüber vom Café einen Parkplatz gefunden. Als sie eintrat, sah sie sofort Frau Kelm, die ihr freundlich lächelnd einen Platz an ihrem Tisch anbot. Die Frauen waren sich sofort sympathisch.

„Ich war so frei und habe mir einen Cappuccino und ein Stück Eierlikörtorte bestellt. Die kann ich Ihnen nur empfehlen."

„Ich muss allerdings einen Kontrast zu meiner Torte haben. Wenn ich ein süßes Stück Torte esse, dann brauche ich einen bitteren Kaffee", erwiderte Friedberg und setzte sich. Die Bedienung hatte das mitbekommen und bestätigte die Bestellung von Friedberg. Weil die Oberkommissarin immer noch ein schlechtes Gewissen hatte, kam sie gleich zur Sache:

„Wir hatten Sie ja schon befragt, ob Sie einen Verdacht haben, wer den Brand verursacht haben könnte. Genannt haben Sie uns einen Kunden mit einer Hasenscharte, der sehr aufgebracht war, als Ihre Kollegin ihn mit der Schere am Ohr verletzt hatte. Konnte ihre Kollegin sich noch erinnern, wie der Kunde aussah, außer der Hasenscharte?"

„Nur das er nicht sehr groß war, eine etwas rundliche Figur, eine hell beige Cordhose anhatte und passend zur Hose etwas schütteres hellbraunes Haar."

Friedberg schaute auf ihren Notizblock und verglich die Angaben. Sie hatte alles schon beim ersten Mal notiert. Sie machte sich einen Knick in die Notizseite.

„Und sonst ist Ihnen nichts aufgefallen?" hakte Friedberg nach.

„Nein, tut mir leid."

Friedberg bekam ihre Bestellung.

„Oh, die Torte sieht aber wieder gut aus!"

„Und schmecken tut sie auch", ergänzte Frau Kelm. Friedberg überlegte, was sie noch herausbekommen könnte, aber ihr fiel nichts mehr ein, und so unterhielten sich die Frauen und genossen die schöne Aussicht auf den See.

„Was macht Ihr Salon, ist schon was passiert?" fragte Friedberg.

„Als erstes habe ich einen Termin mit dem Versicherungsfritzen, Herrn Neumeier. Dann wird alles rausgeschmissen, und dann überlege ich erst einmal, wie ich weiter vorgehe." Die Frauen unterhielten sich noch eine Weile über Möglichkeiten, was man im Salon verändern könnte, über die verstorbene Mitarbeiterin und über den Feuerteufel. Das erinnerte Friedberg an den Grund für ihr Kommen. Erschrocken schaute sie auf ihre Uhr.

„Es tut mir leid, aber ich muss wieder los. Wenn ich mehr Zeit habe, können wir uns nochmal in aller Ruhe treffen."

Bedauernd verabschiedeten sich die Frauen. Friedberg bezahlte am Tresen, ging raus, überquerte die Straße, setzte sich ins Auto und rief Bielfeld an.

„Ja, was ist, gibt es was Neues?" eröffnete Bielfeld das Telefonat.

„Hier im Gespräch nicht, aber ich hatte heute Morgen vergessen zu erwähnen, dass wir einen Verdächtigen hier im Frisörsalon haben."

„Stimmt", erwiderte Bielfeld, „jetzt, wo Du das sagst. Der Typ mit der Hasenscharte. Ja, was ist denn? Moment mal Friedberg. Herr Knodel will was von mir."

Bielfeld ließ sein Handy sinken. Herr Knodel hatte seine Hand gehoben, wie in der Schulklasse, um sich zu Wort zu melden.

„Herr Bielfeld, hatten Sie eben einen Mann mit einer Hasenscharte gemeint?

„Ja, warum?"

„Wir hatten vor Kurzem hier einen Vorfall, dem wir eigentlich nicht viel Aufmerksamkeit geschenkt hatten."

Bielfeld neigte seinen Kopf, und sein kriminalistischer Instinkt kam in Fahrt.

„Erzählen Sie!"

„Na ja, wie gesagt. Eigentlich nichts Besonderes. Ein Kunde hatte hier ein Auto gekauft. Zwei Tage später kam er hier rein und beschwerte sich unsachlich, weil er keine ausreichende Einweisung bekommen hatte. Aber grundsätzlich weisen wir unsere Kunden beim Verkauf darauf hin, dass er die Bedienungsanleitung aufmerksam lesen soll. Das machen wir automatisch, um uns abzusichern. Da sind unsere Verkäufer entsprechend geschult."

„Und warum erzählen Sie mir Das?"

„Der Kunde hatte eine Hasenscharte!"

Grinsend hob Bielfeld sein Handy ans Ohr.

„Wir haben was. Unsere Hasenscharte war hier. Jetzt haben wir ihn. Er hat hier ein Auto gekauft. Aus dem Kaufvertrag werden wir seine Adresse und Telefonnummer bekommen."

Bielfeld schaute zustimmend auf Herrn Knodel. Der nickte nur und winkte seine Sekretärin heran.

„Ich schreib mir hier die Daten aus den Unterlagen ab. Wir treffen uns in einer halben Stunde im Büro. Endlich einen Verdächtigen mit einem Motiv", gab sich Bielfeld genüsslich souverän.

„Der Drops ist gelutscht."

12

„Na, Erika. Hast Du denn die Hasenscharte schon erreichen können?"
Bielfeldt vergriff sich mal wieder erfolgreich im Ton.
„Hey Wilhelm. Lass' gut sein. Herr Neumeier ist als LVM-Angestellter immer viel unterwegs. Ich habe ihm jedenfalls schon dreimal auf den Anrufbeantworter gesprochen und ihn um einen Rückruf gebeten."
„Dann versuche es doch mal über seine Zentrale. Sitzt die in Kiel? Wir müssen kurzfristig Erfolge vorweisen. Die Bordesholmer Öffentlichkeit spielt schon verrückt!"
„Ja ich weiß Wilhelm. Ich habe die Berichte in den beiden Provinzblättern mit großer Sorge gelesen. Wir können nur hoffen, dass es keine weiteren Brandstiftungen geben wird!"
„Meinst Du der Brandstifter ist in den wohlverdienten Erholungsurlaub gefahren? Oder ihm sind die Streichhölzer ausgegangen? Deine Hoffnungen in Gottes Gehörgang!"
Der liebe Gott schien aber schwerhörig zu sein. Oder seine Gehörgänge waren verstopft.

*

Einen Tag nach dem Gespräch der Kriminalbeamten wurden die Wehren in Bordesholm und in Wattenbek morgens um sechs Uhr dreißig alarmiert. Da die meisten Kameraden zu dieser frühen Stunde noch zu Hause oder auf dem Weg zur Arbeit waren, trafen genügend Feuerwehrleute in den beiden Gerätehäusern ein. Durch die SMS-Alarmierung waren alle bereits informiert, dass es bei Feinkost Albrecht brennen würde. In der gebotenen Eile aber ohne Hektik, zogen die Kameraden ihre Schutzkleidung an. Die Atemschutzgeräteträger befestigten während der Fahrt im Feuerwehrfahrzeug ihre schweren Atemluftflaschen auf dem Rücken. Die Führungskräfte gaben vor Ort Befehle, die von allen Kameraden diszipliniert und letztendlich auch erfolgreich umgesetzt wurden. Und so konnte der brennende Haufen Verpackungsmüll, der hinter dem Lebensmittel-Discounter gelagert worden war, in knapp zwei Stunden gelöscht werden. Etliche Gaffer standen, ihre Neugier kaum zügelnd, oftmals mit ihren Smartphones fotografierend, knapp hinter den Polizeiabsperrungen. Mit großer Sensationsgier verfolgten sie die Löscharbeiten und später die Bemühungen von Polizeikommissar Ralph Puls mit seinen beiden prächtigen Schäferhunden, verdächtige Spuren in den Brandresten zu finden.

"Na, Ralph. Schon etwas entdeckt?"

Trotz seiner schlechten Laune wegen des erneuten Feuers in Bordesholm versuchte Wilhelm Bielfeldt einigermaßen munter zu wirken.

„Nu mal sutje mit den jungen Pferden. Aber Du hast Glück. Meine beiden Kollegen hier haben mit ihren tollen Nasen Reste von Kaminanzündern gefunden. Es liegt also wahrscheinlich eine Brandstiftung vor. Es sei denn, Herr Theo Albrecht hat seine nicht verkauften Kaminanzünder zusammen mit dem Verpackungsmüll zwischengelagert. Glaube ich aber nicht!"

„Moin Ralph. Schön, Dich mal wieder zu sehen! Wie geht es Dir und Deinen beiden Freunden?" Erika Friedberg strahlte übers ganze Gesicht, als sie ihren netten Kollegen aus Flintbek begrüßte.

„Nun beruhe Dich mal, Erika. Wen hast Du uns denn mitgebracht?"

Bielfeldt fühlte sich mal wieder wohl in seiner unbestrittenen Rolle als Stimmungstöter und wies auf einen älteren Herrn mit Dackel, eine junge Frau und einen Jugendlichen, die bei Erika Friedberg standen.

„Das sind drei Zeugen, die sich unabhängig voneinander bei unseren Kollegen gemeldet haben. Sie haben alle einen Verdächtigen in der Nähe vom Aldi-Gelände beobachtet."

„Klasse, dann stelle bitte sicher, dass sie sich vor der Vernehmung nicht miteinander abstimmen. Und mit dem Ersten werde ich gleich im Polizei-Bully sprechen."

Bielfeldt wandte sich an den älteren Hundebesitzer im typischen Rentner-Beige: „Kommen Sie bitte mit." Er ging mit ihm zum VW-Mannschaftswagen. Nachdem beide gegenüber auf den Bänken Platz genommen hatten und sich der Dackel auf dem Fahrzeugboden bequem hingelegt hatte, legte Bielfeldt einen Notizblock auf den Klapptisch, der sich zwischen ihm und seinem Gesprächspartner befand.

„Ich bin Hauptkommissar Bielfeldt aus Kiel. Sie gestatten, dass ich mir einige Notizen mache? Als erstes hätte ich gerne Ihre persönlichen Daten."

„Gerne. Mein Name ist Karl-Otto Mayer. Ich bin am 14. Juni 1936 in Kiel geboren. Wohnhaft seit 10 Jahren im Moorweg hier in Bordesholm."

„Tja, Herr Mayer, was haben Sie denn heute Morgen beobachtet?"

„Ach, Herr Bielefeld, ich gehe doch morgens, mittags, nachmittags und abends mit meinem Dackel Rudi unsere übliche Gassi-Runde."

„Bielfeldt, ohne 'E' bitte."

„Entschuldigung, mein Gehör ist nicht mehr so gut. Also, ich gehe mit Rudi vom Moorweg durch die Dieselstraße bis zum Bahndamm. Dort kann Rudi immer so gut sein Geschäft machen. Die Würstchen sammle ich selbstverständlich immer auf. Ich will ja keinen Ärger mit der Polizei bekommen!"

„Das glaube ich Ihnen gerne, Herr Mayer. Und was ist dann passiert?"

„Als Rudi sein Geschäft gemacht hatte und ich gerade das Kacksäckchen zugeknotet habe, sehe ich einen Mann vom Aldi-Gelände weglaufen. Er kam uns entgegen, bog dann aber in die Mühlenstraße ab. Vorbei an der Autowaschanlage."

„Und wohin ist er dann gelaufen?"

„Das konnte ich nicht mehr sehen. Rudi und ich sind ja nicht mehr die schnellsten!"

„Und wie alt war der Mann und wie sah er aus? Wie war er bekleidet?"

„Das war ein sehr großer, sehr dünner, sehr junger Mann mit sehr langen, dunklen Haaren."

"Das haben Sie so genau sehen können? Um die Uhrzeit ist es doch noch dunkel. Und die Straßenbeleuchtung am Bahndamm ist doch bestimmt nicht so hell?"

„Na hören Sie mal, junger Mann. Meine Ohren sind schon etwas altersschwach. Aber meine Augen sind noch sehr gut. Ich habe nie eine Brille gebraucht."

Herrn Mayer war seine Empörung deutlich anzumerken.

„Und wann waren Sie das letzte Mal beim Augenarzt?"

Bielfeldt versuchte ihn zu beruhigen.

„Das war noch zu meiner Zeit als Drucker bei den Kieler Nachrichten."

„Und wann haben Sie dort aufgehört?"

„Das muss jetzt so 15 Jahre her sein. Damals konnte man ja noch mit 65 in Rente gehen."

„OK, Herr Mayer. Wir melden uns bei Ihnen, wenn wir weitere Fragen haben. Vielen Dank und Ihnen und Rudi alles Gute!"

Bei Bielfeldt kam doch noch der freundliche Hundebesitzer durch.

Bei der nächsten Zeugin, der 20-jährigen Tina Timmermann, konnte Bielfeldt von einem besseren Sehvermögen ausgehen. Es brachte ihm sichtlich Spaß, die junge Frau in ihren sportlich-engen Klamotten genauer zu begutachten. Besonders ihre auffälligen Tattoos am Hals und am Dekolleté regten seine Phantasie an.

'Wie weit die wohl reichen? Wahrscheinlich ohne Unterbrechung bis zu den Fußspitzen?'

„Was glotzen Sie mich denn so an?"

Abrupt wurde Bielfeldt in seiner Fantasy-Reise gestört.

„Haben Sie noch nie ein lebendes Gesamtkunstwerk gesehen?"

„Viel interessanter ist ja, was Sie heute Morgen gesehen haben. Frau..."

Bielfeldt schaute schnell auf seinen Notizzettel.

„Frau Timmermann. Erzählen Sie doch mal bitte."

„Ja, also ich war wie jeden Tag auf dem Weg zu meiner Putzstelle, einer Arztpraxis in der Bahnhofstraße. In der Höhe vom Aldi kommt mir so'n Typ entgegen."

„Und weshalb fiel er Ihnen auf?"

„Bestimmt nicht, weil er so toll aussah. Ich stehe nämlich eher auf richtige Männer und nicht so Bübchen mit Milchbart. Und besonders affig fand ich seine Sonnenbrille. Bei der Dunkelheit draußen um diese Tageszeit!"

„Und sonst?"

„Sonst trug er Jeans, einen Kapuzenpullover und Turnschuhe."

„Und wie alt war er?"

„Zwanzig bis dreißig oder so."

„Und wie groß? Dick oder dünn?"

„So normal, glaube ich."

„Vielen Dank erstmal, Frau Timmermann. Wenn wir weitere Fragen haben, melden wir uns bei Ihnen. Hier ist auch meine Karte, falls Ihnen noch etwas einfällt."

Bielfeldt geleitete sein Gesamtkunstwerk aus dem Bully. Draußen stand Erika Friedberg mit dem dritten Zeugen, einem schüchtern aussehenden Schüler.

"Ich heiße Leo Lustig, bin zwölf Jahre alt und gehe auf das Einfelder Gymnasium."

"Darf ich noch Du sagen? Was hast Du denn heute Morgen gesehen, Leo?"

Erika Friedberg versuchte auf die mütterlich-kumpelhafte Art den Jungen zu erreichen.

„Also ich musste mich mal wieder beeilen, um den Zug nicht zu verpassen. Deswegen habe ich nicht so auf die anderen Leute geachtet. Aber dieser Typ fiel mir auf, weil er mir im Laufschritt entgegenkam. Und er hatte keine Joggingklamotten an. Außerdem blickte er sich immer wieder hektisch um. Also in Richtung Bahnhof oder Aldi. Als ich dann bei Aldi vorbeikam, hörte ich schon die Sirenen von den Feuerwehr- und Polizeiautos."

„Und der Typ, wie sah der aus?"

„Ziemlich alt."

„Was ist denn ziemlich alt?"

„Na so wie Sie beide."

Bielfeldt hörte mit Vergnügen das pikierte Räuspern seiner jüngeren Kollegin.

„Und sonst, wie sah er sonst aus?"

„Weiß ich nicht. Ziemlich alt."

„Falls Dir noch etwas einfällt, hier ist meine Visitenkarte."

Erika Friedberg drückte Leo zum Abschied freundlich ihre Karte in die Hand.

13

Kriminalhauptkommissar Bielfeld lehnte sich entspannt in seinem Stuhl zurück, das alte Holz knarrte und ächzte.

„Nanu, bricht hier in Bordesholm jetzt sogar das Gestühl zusammen, zwei Tote reichen nun wirklich, ich muss mir nicht auch noch das Genick brechen. Hätten wir doch unsere Zweigstelle in der Heintzestrasse genutzt, da sind die Stühle sitzfest und sehr stabil."

„Und Du hast dabei auch an sie gedacht, ich habe es genau beobachtet", flüsterte Erika Friedberg kaum hörbar. „Ich bin schließlich eine Kriminalistin und achte sehr auf die Körpersprache."

„Ich habe nicht an sie gedacht, überhaupt nicht, so ein Blödsinn. Wie kommst Du überhaupt auf ein solch abstruses Gedankengut?"

„Ich kenne Dich genau, immer wenn Du an sie denkst, schließt Du Deine Augen halb und beleckst mit Deiner Zunge die Oberlippe ganz langsam."

„Nun gut, ich gebe es zu. Es bleibt mir nichts anderes übrig, bei Deiner Beobachtungsgabe. Immer wenn ich an das See-Café denke, fällt mir sofort die Eierlikörtorte ein, ich kann nicht anders. Jetzt ist aber Schluss, wir müssen weiterkommen. Verdammt noch mal!

Was haben wir? Bisher wenig. Zumindest allerdings einige sehr vage Hinweise auf einen möglichen Täter. Immerhin, der Abgleich der Kundenlisten der beiden brandgeschädigten Betriebe brachte zweiundzwanzig bekannte gemeinsame Kunden. Aber was haben wir gelernt auf der Polizeischule: Immer in alle Richtungen ermitteln, und uns nicht von Gefühlen und Vermutungen lenken lassen. Die Richtung Freiwillige Feuerwehr muss auf jeden Fall weiter verfolgt werden. Wie schon hin und wieder vorgekommen, könnte der Täter aus diesem Kreise stammen. Sagt zumindest die Statistik, obwohl eine Inkaufnahme von Brandtoten die absolute Ausnahme darstellt. Wie gehen wir vor? Ich habe mir Folgendes gedacht: Wir werden die Wehrführer der Wehren, die in die fraglichen Einsätze eingebunden waren, zu einem gemeinsamen Gespräch bitten. Mach Dir doch bitte eine Notiz, es sind die Wehren Bordesholm, Wattenbek, Hoffeld, Schönbek und Mühbrook. Eine Einladung sollte durch den Amtswehrführer ergehen, Wehrführer sind immer sehr behördenängstlich, darauf sollten wir Rücksicht nehmen."

„Und wo wollen wir uns treffen", fragte Friedberg.

„Schlechte Frage, schwierige Situation, aber wir müssen eine Antwort finden. Am besten auf neutralem Boden."

„Doch wohl nicht etwa in der Heintzestrasse?"

„Nein, auf gar keinen Fall, da könnten wir uns auch gleich am Samstag auf dem Wochenmarkt zur Schau stellen. Das ist eine außerordentlich wichtige Zusammenkunft und keine Karnevalveranstaltung. Ich bitte Dich, die offizielle, na sagen wir mal Befragung, muss in unserer Hand liegen. Unangenehm wird es ohnehin werden, ich hab´s im..."

„Wolltest Du Urin sagen", fragte Erika.

Sie bekam keine Antwort.

„In einem der Feuerwehrhäuser geht überhaupt nicht. Bis die sich einig werden, wann und wo wir uns treffen könnten, ist das Kreishaus abgebrannt - Scherz von mir, meine liebe Erika - damit wir uns nicht falsch verstehen. Die Polizeiwache wäre auch nicht optimal, Gräben könnten aufgeworfen werden.

Mein Vorschlag: Ich werde den Amtsdirektor bitten, uns das kleine Sitzungszimmer zur Verfügung zu stellen, mit dem Mann kann man reden, sehr gut sogar, egal um was es geht.

Erika, nimm bitte mit dem Amtswehrführer Kontakt auf, es ist ein hier ansässiger Handwerksmeister. Er möge die betreffenden Wehrführer bitten, am kommenden Dienstag im kleinen Sitzungszimmer zu einem Gespräch zu erscheinen. Wenn er nachfragt, warum und wieso, und das wird er tun, ich kenne ihn, sag einfach ‚geheime Kommandosache' und bestell liebe Grüße von mir."

„Hier laufen doch wohl nicht alte Seilschaften. Da mach ich nicht mit, Chef."

„Aber Erika, Du kennst mich doch schon seit Jahren, schau mir in die Augen: Können diese Augen lügen?"

„Ja", sagte Erika und griff zum Telefonhörer.

Oberkommissarin Erika Friedberg wusste, im Ehrenamt tätige Menschen sind erst nach dem normalen Feierabend zu erreichen, wenn andere schon vor der Glotze sitzen.

Schließlich war ihr Freund Erwin Mitglied der Freiwilligen Feuerwehr Kronshagen und sogar Gruppenführer.

Er war ein so schöner Mann, ein richtiger Feuerwehrmann, mit Feuer überall. Erika wollte gerade aufstöhnen, da:

Der erste Versuch glückte. Karsten Lütt war am Apparat.

„Hier spricht Kriminaloberkommissarin Friedberg von der SOKO ‚Feuerteufel'. Ich habe den Auftrag, ein Treffen mit Ihnen und den Wehrführern der betroffenen Feuerwehren zu arrangieren. Mir ist bekannt, Sie haben alle viele Termine, aber die Zeit drängt. Mein Vorschlag: Am Dienstag kommender Woche um achtzehn Uhr im kleinen Sitzungszimmer im Rathaus, hier in Bordesholm. Und noch eine Bitte, kommen Sie bitte alle in Zivil und nicht in Ihrer schicken Uniform, das könnte schlafende Hunde wecken, wie man so schön zu sagen pflegt, und zu Spekulationen führen."

„Nun aber langsam, worum geht es bei dieser Zusammenkunft, die Kameraden werden Fragen stellen. Und dann noch ein - fast geheimes - Treffen. Das ist schon recht merkwürdig."

„Geheime Kommandosache, soll ich von meinem Chef ausrichten und gleichzeitig die besten Grüße von Herrn Bielfeld übermitteln, Sie kennen sich ja. Aber Ihnen kann ich es anvertrauen, wir ermitteln in alle Richtungen und da können die Feuerwehren nicht außen vor bleiben, wenn Sie wissen, was ich meine."

„Nicht so ganz, aber am Dienstag werden wir mehr wissen, wenn man aus dem Rathaus kommt, ist man bekanntlich schlauer als zuvor. Es scheint mir eine ernsthafte Angelegenheit zu sein, ich werde unseren Amtsvorsteher bitten, bei dieser Unterredung anwesend zu sein, ein sehr guter Freund von mir."

Vielen Dank für Ihre Kooperation, wollte Erika Friedberg noch sagen, aber der Amtswehrführer hatte bereits aufgelegt.

Karsten Lütt begann mit seinem Schweizer Rundruf, wie er diese Telefonate gern bezeichnete. An alle betreffenden Wehrführer der gleiche Text, er hatte sich Notizen gemacht: „Am Dienstag nächster Woche soll im kleinen Sitzungszimmer ein Gespräch stattfinden, die Polizei und unser Amtsvorsteher werden auch anwesend sein, vielleicht sogar der Amtsdirektor. Kommt bitte in Zivil, es wird ausdrücklich so gewünscht."

Immer die gleichen Nachfragen: „Worum geht es? Sag es! Du weißt doch mehr?"

Karsten tat sich schwer. „Es ist alles noch geheim, ich darf nichts Weiteres sagen. Aber Ihr könnt es Euch doch sicher denken, es geht um die letzten Einsätze. Ich könnte mir vorstellen, dass uns Dank für unsere gute Arbeit ausgesprochen werden soll. Vielleicht gibt es auch eine Belobigung, oder so etwas. Wir werden sehen."

Der Wehrführer aus Hoffeld konnte sich nicht beruhigen. Er rannte im Wohnzimmer auf und ab, er war kurz vor dem Ausrasten. Seine Frau hatte sich schon in die Nähstube zurückgezogen. Sie kannte Ihren Niklas seit mehr als dreißig Jahren, inoffiziell sogar schon viel länger.

Er griff zum Telefon, die Nummer von seinem Freund und Kameraden aus Schönbek hatte er im Kopf. Er wartete gar nicht die Annahme des Gespräches ab und stellte sich auch nicht vor. Wozu auch? Dass er überhaupt zum Telefon gegriffen hatte, war überflüssig. Aus seiner Stube in Hoffeld konnte man ihn ohne Hilfsmittel auch recht gut in Schönbek hören.

„Datt kann jo wohl ni wohr ween, dat wi to een offizielles Gespräch bestellt warrt und nich in unsern Ehrenrock kömen dörpen. Möt wi uns üm uns ehrenamtliche Arbeid schamen. Nu warrt dat sachts verrückt, ick bün gespannt, wat da op uns tokümmt. Und wat wüllt de da baben opt Amt överhaupt von uns. En Gespräch. Wie sik dat anhörn deit, füchterlich. Ünerholen kann man sik ja över allens, aber en Gespräch, dor mut en vörsichtig ween.

Min letztes Gespräch har ick mit mine Olsch, da wär ick nich vörsichtig nug. Hätt mi en Barg Dalers kost. Di kann ick dat jo vertellen, dat wer halfwechs ok in Zivil. As ick dor so laat vun den Amtsfüererwehrdag ut Grot Bookwohld no Hus komen bün, dat wer all schlimm noog, dat segg ik Di. Und dat ganze in Halfuniform - sotoseggen in Zivil. Min Rock weer mi afhannen kamen, de Langbinner weer futsch und min Büx weer vörn und achtern opreeten.

Najo, aner Thema. Wie kiekt uns dat an`n Dingsdag eerst mol an. Avers öwern Tisch trecken laat wi uns nich, dat verpreek ick Di, dor sünd wi uns doch wohl eenig?"

„Nun beruhige Dich doch erst einmal, Niklas. Ich habe da ein wenig meine Fühler ausgestreckt und mit Wattenbek telefoniert. Der Wehrführer Frank ist mein Schwager und auch ein guter Freund von Karsten, Du weißt es sicher."

„Na klar, und zudem der Neffe von meiner Elfi."

„Also, Frank hat da gewisse Informationen auf dem Wochenmarkt aufgeschnappt."

„Aha, sachts an den Blomenstand. Oder hett de Fischhöker wat in de Kaldaunen von sien Dösch rutlesen?"

„Nun setz` Dich erst einmal fest hin, Du wirst staunen. Nichts auf dieser Welt geschieht ohne Grund, so hat es mein Opa oft gesagt, und so ist es auch in dieser Angelegenheit. Aber ich bitte Dich, auch im Namen meines Informanten - Geheimhaltungsstufe Null - damit wir uns verstehen!"

„Dat geit kloor, logisch. Aver nu vertell, vertell!"

„Es geht wohl um unsere letzten gemeinsamen Einsätze. Es gibt zwar leider zwei Brandtote zu beklagen, aber es ist auch Menschenleben gerettet worden. Darüber hinaus sind hohe Sachwerte erhalten geblieben.

Und nun pass auf: Wir sollen im Rathaus wohl eine Art Ehrung und ein großes Dankeschön in Empfang nehmen dürfen. Unter Umständen gibt es sogar einen Orden für uns."

„Und dat in Zivil, wo geit dat an? En Orden höört an`n blauen Rock und nich an Privatklamotten. Mi kümmt dat bannig sponisch vör."

„Aber nein, Niklas, es gibt auch Auszeichnungen und Orden, die nicht vom Landesfeuerwehrverband verliehen werden. Schau doch mal zum Beispiel das Bundesverdienstkreuz, das bekommen auch Zivilisten und wird auch hin und wieder sogar an Frauen überreicht."

„Ick weet, ick weet, heff aver nu keen Tied mehr. Bit Dingsdag. Dat ward sachts en dulle Saak."

„Elfi! Is mien swatte Anzug praat?"

„Warüm fragst Du, is en dod bleven?"

„Nee, to`n Glück nich. Aver tokamen Dingsdag mutt ick em sachts antrecken. Ick sall dat Bundesverdienstkrüz kriegen. Allens noch geheem, keen Wort daröver. Dat is en Befehl!"

„Jawoll, Herr Oberbrandmeister. Oh, ich muss schnell mit meiner Schwester telefonieren. Geht da um ein altes Kuchenrezept."

*

Bielfeld sah vom Schreibtisch auf: „Na hat alles funktioniert, kommen die Wehrführer zu unserer - Vernehmung will ich nicht sagen - aber zu unserem Gespräch? Wird schwierig genug werden, aber das unliebsame Thema muss einfach angesprochen werden, wir kommen nicht daran vorbei. Oft schon saß ein Kuckuck im Nest der Feuerwehr, wir wissen es alle. Hoffentlich verläuft alles harmonisch."

„Der Termin steht. Ob es allerdings harmonisch verlaufen wird, weiß ich nicht so recht. Ich habe da was im ..."

„Wolltest Du Urin sagen?"

Er bekam keine Antwort.

Schon recht früh vor dem angesetzten Termin hatten sich die Wehrführer, der Amtswehrführer und auch der Amtsvorsteher auf dem Rathausvorplatz eingefunden. Unsicherheit war zu spüren.

„Veel Tied heff ik nich mitbröcht", sagte Wehrführer Hoffeld, „dat warrt sachts gau över de Bühne gahn, to Hus luert all de

Gäste. De Sekt is kold stellt. Vel lever wär ick ja in Uniform kamen, dor föhl ik mi jümmers seker."

Bielfeld, Friedberg und Dr. Lorenzen sahen aus dem Fenster im ersten Obergeschoss.

Drei Wehrführer waren im schwarzen Anzug erschienen, weißes Hemd und schwarzer Binder passend dazu. Einer trug sogar ein weißes Einstecktuch. Man konnte erkennen, sie hatten sich frisch frisieren lassen. Der Wehrführer aus Mühbrook hatte anscheinend seinen Konfirmationsanzug rausgekramt. Recht stramm das Ganze. Jacke und Hose saßen hauteng. Ob er sich auch damit hinsetzten kann, wird zu beobachten sein, dachte Erika Friedberg.

Der Wehrführer aus Schönbek hatte seine Manchesterbüx in grüne Gummistiefel gesteckt. Darüber trug er einen grauen Kittel und darüber noch eine grüne Weste. Auf dem Kopf trug er eine sogenannte Brakelmannmütze.

Der Amtswehrführer trug seine Arbeitsbekleidung. Blütenweißer Maleranzug und eine ebensolche Kappe. Sauber und adrett, so wie man ihn kennt.

„Was für ein Anblick", entfuhr es Erika Friedberg.

Der Ordnungsamtsleiter Sven Ingwersen trat auf die Außentreppe des Rathauses.

„Darf ich bitten meine Herren."

„Na dann man hinein in die Höhle des Löwen", entfuhr es dem Amtswehrführer.

Der kleine Sitzungssaal war hergerichtet. Sogar Tassen, Thermoskannen und Kekse standen auf dem Tisch.

Man konnte erkennen, es hatten sich zwei Lager gebildet. Rechts saßen die Führungskräfte der Feuerwehren. Links die Ermittler. Eine Protokollführerin war ebenfalls vom Amt gestellt worden. Am Kopfende stand der Ordnungsamtsleiter.

Sven Ingwersen begrüßte die Mitglieder der SOKO und natürlich auch die Mitglieder der Freiwilligen Feuerwehren, die neugierig bis skeptisch auf die Ermittler blickten.

Nach einer Vorstellungsrunde bemerkte Ingwersen, dass man schnell zur Sache kommen wolle, und gab Professor Lorenzen das Wort:

„Dat gefallt mi, so heff ik mi datt vörstellt", kam es aus Richtung Hoffeld.

„Meine Damen, meine Herren! Wir haben es bei den Bränden offenbar mit einem Serientäter zu tun. Und dazu möchte ich Ihnen einige Ausführungen machen; besonders möchte ich Ihr Augenmerk auf die Mitglieder Ihrer Wehren richten. Das Krankheitsbild Pyromanie ist stark vereinfacht die nicht zu kontrollierende Sucht, Brände zu legen. Die ganze Brandbreite der krankheitsbedingten individuellen Beweggründe ist sehr groß und reicht von absoluter Faszination für das Feuer über das Bedürfnis, Dinge und Gebäude mittels Feuer zu vernichten oder zu reinigen bis zum Genuss der intensiven Emotionen an der Brandstelle. Ein weiteres, in der Feuerwehr leider besonders häufig anzutreffendes Motiv ist falsches Geltungsbedürfnis und Profilierungssucht: Ein Mensch sieht sich in seinem Alltagsleben nicht ausreichend wertgeschätzt und versucht deshalb, durch seine Fertigkeit als Feuerwehrangehöriger zu glänzen. Wenn es keine oder nicht ausreichend viele Gelegenheiten gibt, sich ins rechte Licht zu setzen, oder seinen persönlichen Wert zu spüren, schafft er sich welche. Zwei Drittel dieser Täter weisen Persönlichkeitsstörungen auf. Dreiviertel aller Brandstifter sind während der Tat alkoholisiert, die Hälfte sogar alkoholkrank."

Die Atmosphäre im Sitzungszimmer erkaltete spürbar, es wurde eisig im Raum. Die dunkelblonde Protokollführerin zog ihren Kopf ein. Der Amtsvorsteher sah Ungemach aufkommen.

Der Wehrführer aus Bordesholm meldete sich. Man sah ihm großes Unbehagen an.

„Wieso immer gleich wir? Die Feuerwehr lebt und arbeitet nach einem strikten Ehrbegriff. Es gibt die Feuerwehr, weil Schadenfälle passieren und deshalb auch Helfer gebraucht werden, die dann eingreifen. Alle Feuerwehrangehörigen, die das verstanden haben, lassen sich gut ausbilden und trainieren für diese Schadenfälle, aber sie wissen auch, dass die meisten Einsätze mit viel Leid verbunden sind und sie freuen sich, wenn nichts passiert. Wir bekämpfen das Feuer, wir legen es nicht!"

Die Feuerwehrmänner trommelten begeistert Beifall. Eine so lange Ansprache hatten sie von ihrem Kameraden noch nie gehört.

Stille im Raum.

Hauptkommissar Bielfeld schaltete sich ein. „Tja, tja", dreimal sagte er tja. Die Situation war verfahren, das hatte nicht nur er erkannt.

„Aber unbestreitbar ist doch, dass immer wieder Menschen in den Feuerwehren sind, die aus krankhafter Faszination oder mangels Selbstwertgefühl Brände legen. Jedenfalls können wir diese Möglichkeit nicht ausschließen, und bitten Sie, genau zu beobachten. Mehr wollen wir nicht."

Der Wehrführer aus Hoffeld knallte mit seiner flachen Hand auf die Tischplatte. Die Protokollführerin zuckte derart zusammen, dass ihr ihre offensichtlich nicht echte Haarpracht über die Augen rutschte. Sie saß somit blind am Tisch.

Wehrführer Niklas stand nicht auf. Er rückte näher an den Tisch heran und stützte sich auf seine verschränkten Arme.

„Nu warrt dat rieten, wi sünd hier to en groote Belobigung inladt worrn und warrt beschimmt un verdächtigt, Brandstifters und Supbütts to ween." Langsam erhob sich Niklas, seine borstigen Nackenhaare standen ihm vom Kopf ab. „Wie staht wie nu dor vör uns Familien, vör uns Füerwehr und vör unser heelet Dörp?" Bedrohlich hob er seinen kräftigen rechten Zeigefinger, er sah nach links zu seinem Kameraden aus Wattenbek. „Und dien Informant, dien Informant! Wenn de mi öbern Weg lopen deit, den riet ik den Moors op, bit an`n Kragen. Un för de Kosten kümmt he mi ok op. En Eten för verundtwindich Personen und dat niege Kleed, dat sik mine Elfi hat köpen möt. - Dat Gespräch hier is för mi toend!"

Der Wehrführer aus Mühbrook schnellte aus seinem Sitz empor, der Stuhl knallte rücklings auf das Parkett. Er holte tief Luft. In dem Moment sprang ihm der mittlere Knopf von seinem Jackett. Unglücklicher Weise, da er stand und Dr. Lorenzen ihm gegenüber saß, traf der Knopf das linke Auge des Professors. Er schlug beide Hände vor seine Augen. Tränen rannen ihm über die Wangen.

„Dem kann ich mich nur anschließen. Wir tun unser Bestes für unsere Mitbürger bei Tag und Nacht und werden noch verdächtigt Brände zu legen. Wie ist es denn bei der Polizei? Ist da ein Mord geschehen, wird da auch erst einmal in den eigenen Reihen ermittelt? Wohl nicht!

Ein Dankeschön wäre wohl angebrachter gewesen. Ich gehe ebenfalls!"

Der Amtsvorsteher räusperte sich kaum hörbar.

„Ich habe das Gefühl, wir sind hier mit recht unterschiedlichen Erwartungen zusammengekommen. Ein Missverständnis auf beiden Seiten, sozusagen. Mein Vorschlag wäre: wir sollten uns vertagen."

Keiner sagte etwas, nur der Doktor schluchzte leise vor sich hin.

Bielfeld fühlte sich berufen etwas zu sagen, er wusste nur nicht was, er bekam einen trockenen Hals.

„Auch ich habe mir diesen Abend anders vorgestellt. Es tut mir leid für Sie, aber ich glaube wir brauchen keinen neuen Termin. Danke."

Die Gesellschaft löste sich auf.

Erika Friedberg sah Bielfeld lange an.

„Was war das? - Und was nun?"

„Nun gehe ich rüber ins Makkarita."

„Nanu, hast Du in dieser Situation etwa Hunger?"

„Nein. Aber, ich bestelle mir dort einen dreifachen Grappa."

„Ich komme mit."

14

Die Vorstandsmitglieder des örtlichen Handwerks- und Ge-
werbevereins trudelten nach und nach ein. Zu Beginn der
Vorstandssitzungen, die im Turnus bei den Mitgliedern des
Gremiums stattfanden, gab es immer etwas zu essen. Diese
Regelung hatte sich gut bewährt, kamen doch einige der
Handwerker oder Geschäftsleute direkt aus den Betrieben zu
den Sitzungen. Heute fand eine außerordentliche Besprechung statt. Der Vorsitzende hatte dazu eingeladen und die
Gefährdung der Betriebsstätten durch den Feuerteufel auf
die Tagesordnung gesetzt. Weil er gerne aß, hatte er den
Zimmerermeister Jörn angerufen. Dort gab es meistens etwas vom Grill. Der Handwerksmeister war sofort damit einverstanden, dass die Sitzung bei ihm stattfand. Nun saß man
in einer kunstfertig gezimmerten offenen Hütte. Davor brut-
zelten Würstchen und Steaks auf dem Grill des Smokers. Seit
einiger Zeit gab es ein Vorstandsmitglied, das vegan aß. Auch
daran hatte Jörn gedacht, vegane Würstchen und Gemüse-
scheiben schmurgelten auf einer separaten Ecke des Grills.
Alle griffen zu, mit einem ‚Plopp' wurden Bierflaschen geöffnet.

„Was gibt`s Neues?" Wenn der Kaufmann Andreas diese Fra-
ge nicht stellte, fand sich ein anderer. Beim Essen war Zeit,
sich über Neuigkeiten, Klatsch und Tratsch auszutauschen.

„Gott sei Dank nichts Neues vom Feuerteufel. Aber was
macht eigentlich Uwe Eybächer? Lange nichts von ihm gehört."

„Im Betrieb ist er nicht mehr. Ist wohl Privatier. Segelt irgendwo auf den Weltmeeren."

„Ob die das mit dem Brot backen im ‚Reesdorfer Hof' auch
ohne ihn hinkriegen?"

„Ich habe eine Mail von ihm bekommen. Zum Geburtstag. Werde mal antworten und ihn fragen, was er so macht."

„Weiß jemand, wie weit das mit dem Gesundheitszentrum in dem Schüler-Haus in der Bahnhofstraße ist? Wer geht da rein?"

„Nee, außer dem Flintbeker Zahnarzt und einer Kieferorthopädin ist noch nichts bekannt."

„Ich finde gut, dass Joachim Harder auch an der Kieler Straße den Namen ‚Elektro Schüler' beibehalten will. Das ist gute Tradition!"

Nachdem sich bei derartigen Gesprächen alle gesättigt hatten und Jörn einen riesigen Korb mit süßen Naschereien auf den Tisch gestellt hatte, öffnete sich der Vorsitzende eine zweite Flasche Bier und eröffnete die Sitzung:

„Liebe Freunde, ich habe Euch eingeladen, um einen einzigen Tagesordnungspunkt zu besprechen: Wie sollen sich Unternehmen gegenüber der Bedrohung durch den Feuerteufel verhalten? Ich habe bewusst keinen der Experten von Polizei, Feuerwehr oder aus der Verwaltung dazu gebeten. Erforderlichenfalls können wir unsere Ergebnisse ja später mit denen besprechen. Ich hoffe, Ihr seid einverstanden."

Zustimmendes Kopfnicken. Heiko, ein Handwerksmeister, der auch Mitglied in der Freiwilligen Feuerwehr ist, meldete sich zu Wort:

„Ich möchte darauf hinweisen, dass die Feuerwehren bei den Bränden super schnell vor Ort waren und einen guten Job gemacht haben. Auch die Eindämmung des Waldbrandes war eine großartige Leistung. Und das, obwohl wir immer das Problem haben, dass tagsüber nicht genug Personal vor Ort ist."

„Das erkennen wir an. Wir arbeiten auch gerne mit den Feuerwehren zusammen, stellen unsere Leute für Einsätze und auch für Übungen frei. Wir wissen, was wir an Euch haben, Heiko!" sagte der Dachdeckermeister Andreas.

„Gut, gut. Aber dann brennt es ja bereits. Wir wollen heute überlegen, wie wir verhindern können, dass es überhaupt so weit kommt, dass unsere Betriebe in Flammen aufgehen", lenkte der Vorsitzende das Gespräch auf das Thema des Abends.

„Welche Möglichkeiten haben wir denn? Lasst uns das einmal zusammentragen." Andreas, der Banker, war für seine systematisierenden Beiträge und für seine knappen, präzisen Protokolle bekannt. Nach einiger Zeit der Diskussion hatte er auf seinem Laptop niedergeschrieben:

„Die Brandstiftungen in unserem Raum, bei denen der/die Täter noch nicht ermittelt wurden, führen zu einem erhöhten Gefährdungspotenzial. Es können auch Trittbrettfahrer aufspringen.

Begünstigt wird eine Brandstiftung durch eine abgeschiedene Lage des Betriebes. Aber auch die Lage in Wohngebieten kann problematisch sein, wenn die Betriebsgebäude Kunden zugänglich und offen sein müssen.

Die Brandstiftung erfolgt oft in Verbindung mit einem Einbruch (Vertuschen, Frust).

Ein negatives Betriebsklima, demotivierte oder gar entlassene Mitarbeiter können das Brandstiftungsrisiko beeinflussen. Was ist zu tun?

Der Schutz gegen unbefugtes Betreten kann das Risiko der Brandstiftung reduzieren.

Folgende Maßnahmen zählen hierzu: Eine lückenlose Einfriedung (Höhe 2 m mit Übersteigsicherung) und Verschluss der Tore zum Grundstück.

Bauliche Sicherungen (massive Außenwände, sichere Fenster und Türen, keine unverschlossenen Öffnungen bei Betriebsschluss, sicherer Verschluss von Schlüsseln)

Ausreichendes Beleuchten von Gebäuden und Freiflächen.

Beseitigen von Einbruchhilfen wie Leitern, Palettenstapeln und so weiter.

Technische Überwachungseinrichtung wie Einbruchmeldeanlage oder Videoüberwachung.

Bewachen des Betriebsgrundstückes und der Gebäude während der betriebsfreien Zeit mit Kontrollgängen.

Überwachen der Toreinfahrt(en) durch Pförtner oder mit Kameras"

„Mensch, das ist ja eine ganze Menge!", war Burghard, der Apotheker im Vorstand, beeindruckt. „Ich schlage vor, wir fassen die Möglichkeiten in einem Schreiben an unsere Mitglieder zusammen."

„Gut, gut. Aber drücken wir uns nicht vor der wichtigsten Entscheidung. Denn die kann Geld kosten." Der Vorsitzende blickte in die gespannten Gesichter. „Das ist die Frage der Überwachung unserer Betriebe durch Manpower. Die Polizei kann – auch wenn sie zurzeit verstärkt Streife fährt – nur zu selten und nicht überall vor Ort sein. Wir haben über zwei Möglichkeiten nachzudenken: Erstens können wir mit unseren Leuten und anderen Freiwilligen so etwas wie einen überbetrieblichen Wach- und Patrouillendienst einrichten. Oder wir beauftragen einen privaten Sicherheitsdienst. So etwas gibt es ja vor Ort. Aber beides wird Geld kosten. Sicherheit zum Nulltarif ist in unserer Situation nicht zu haben."

Der Vorschlag fand Zustimmung. Ein dreiköpfiger Arbeitskreis wurde eingerichtet, der sich mit den Kosten und der Finanzierung für beide Möglichkeiten beschäftigen sollte. Die

Ergebnisse sollten auf einer Vorstandssitzung in der kommenden Woche vorgelegt und besprochen werden.

15

„N'Abend Kameraden! Jetzt noch einmal offiziell: Herzlich willkommen zur diesjährigen Jahreshauptversammlung unserer Wehr! Ich hoffe, Euch hat unser Begrüßungsessen wieder mal gut geschmeckt. Wegen der guten Kassenlage wird das Essen wie auch schon in den letzten Jahren aus der Kameradschaftskasse bezahlt!" Die Kameraden der Wehr klopften begeistert auf die Tische.

„Besonders herzlich möchte ich unseren Bürgermeister Sönke Schröder und unseren Amtswehrführer Karsten Lütt und die Mitglieder der Ehrenabteilung begrüßen. Und natürlich unsere fördernden Mitglieder, die mit ihren Beiträgen unsere Mannschaftskasse aufbessern!" Wehrführer Frank Gebhardt, der wie immer eine große Souveränität bei seiner Rede ausstrahlte, freute sich sichtlich über den wohlwollenden Beifall seiner Wehr.

„Ich bitte um Handzeichen, ob es Einwände gegen Form und Frist der Einladung gibt." Gebhardt schaute in die Runde.

„Peter, bitte für's Protokoll: ,Es gibt keine Einwände.' Außerdem die übliche Frage nach der Tagesordnung: ,Gibt es hier Änderungswünsche oder Einwände?' Ich hoffe, ebenfalls nein."

Wieder der Blick in die Runde der Kameraden.

„Jörg, Du hast `ne Frage?"

„Ich weiß nicht, was der dritte Tagesordnungspunkt zu bedeuten hat. ,Bericht vom Treffen mit der Polizei in Sachen Feuerteufel.' Was haben wir damit zu tun? Außer dem selbstverständlichen Löschen der Brände, meine ich."

Jörg Horn schaute fragend zum Vorstandstisch.

„Da dieser Punkt nach Ansicht der Amtsverwaltung und der Polizei so wichtig ist, möchte ich ihn vorrangig behandeln.

Solange noch alle Kameraden dabei und vor allem nüchtern sind." Frank Gebhardt versuchte humorvoll auf eventuelle Kritiken zu reagieren. Er blickte auf den Schriftführer Friebe: „Peter, bitte die gleich von mir aufgeführten Punkte von dem Treffen mit der Polizei aber auch unsere heutigen Fragen und Anmerkungen dazu wie gewohnt detailliert in Dein Protokoll aufnehmen." Peter Friebe nickte mit dem Kopf.

„Ich erzähle Euch dann mal von dem Treffen im Amt: Grund für dieses Treffen waren die vier Brandstiftungen der letzten Wochen und Monate: im Wildhof, bei ‚Kamm und Schere', bei ‚VW-Kath' und jetzt bei ‚Aldi'. Da es neben den beträchtlichen Sachschäden auch zwei Todesfälle gegeben hat, reagieren Polizei, die Amtsverwaltung, die örtliche Presse, aber auch einzelne Bürger sehr ungeduldig auf die Tatsache, dass es noch keinen Verdächtigen gibt." Gebhardt schaute intensiv auf seinen Notizzettel. Mit stockender Stimme fuhr er in seinem Bericht fort:

„Die Vertreter der Polizei, ein Psychologe von der Universität Kiel und die beiden Kommissare Bielfeld und Friedberg, haben ausführlich über das Krankheitsbild der Pyromanie berichtet." Gebhardt blickte angestrengt auf den Zettel und las jetzt wörtlich vor:

„Also auf die nicht zu kontrollierende Sucht, Brände zu legen. Ein wichtiger Grund für diese Krankheit ist das in der Feuerwehr besonders häufig anzutreffende Motiv, durch eigene Fähigkeiten als Feuerwehrmann zu glänzen und damit vorhandene Minderwertigkeitskomplexe auszugleichen."

Einige Kameraden fingen deutlich an zu murren:

„Werden wir etwa verdächtigt, die Brände gelegt zu haben?"

„Natürlich nicht, aber wir sollen der Polizei über eventuelle Auffälligkeiten in unserer Wehr beziehungsweise bei einzelnen Kameraden berichten."

„Willst Du in unserer Wehr das Denunziantentum einführen?" Der Ton wurde aggressiver.

„Sollen wir wirklich unsere eigenen Kameraden anscheißen? Ohne mich!"

Amtswehrführer Karsten Lütt stand auf:

„Liebe Kameraden. Hört doch bitte Eurem Wehrführer zu. Gerade Frank hat im Amt Bordesholm eindringlich auf Eure Zuverlässigkeit und Eure absolute Treue zur Wehr hingewiesen!"

„Ist schon gut Karsten. Wir werden Frank ja nachher wieder zum Wehrführer wählen." Ein älterer Feuerwehrmann versuchte die Stimmung zu retten.

„Liebe Kameraden! Meine Bitte an Euch alle ist nur, dass Ihr zukünftig stärker als bisher auf ein paar Sachen achtet." Frank Gebhardt versuchte es mit Diplomatie.

„Gibt es Auffälligkeiten bei einzelnen Kameraden? Ist jemand ungewöhnlich schnell am Einsatzort? Gibt es schon vor dem Einsatz Rauchspuren an der Kleidung, an den Händen oder im Gesicht? Oder habt Ihr von persönlichen Problemen eines Kameraden gehört? Falls Ihr einen dieser Punkte bemerkt habt, sprecht mich bitte an. Eure Hinweise werden selbstverständlich vertraulich behandelt!"

„Aber die Polizei wirst Du doch informieren?" Ein baumlanger Kamerad richtete sich eindrucksvoll in seiner ganzen Körperlänge auf.

„Viele von uns haben in den letzten Jahren oder sogar Jahrzehnten wiederholt das eigene Leben oder die eigene Gesundheit eingebracht, um fremde Menschen oder fremde Sachen vor dem Feuer zu retten. Wir haben alle viele Stunden unseres Privatlebens geopfert, um im Ernstfall gut ausgebildet und körperlich fit zu sein. Und jetzt sollen wir für die blöden Taten eines Wahnsinnigen, der bestimmt kein Feu-

erwehrkamerad ist, verdächtigt werden? Na denn Prost!"
Mit bösem Blick und großem Schluck leerte der Riese sein
Kornglas.

„Liebe Kameraden, ich kann Euren Ärger gut verstehen. Ich
glaube auch nicht, dass der Brandstifter aus Eurer Mitte
stammt. Aber die Serie der Brandstiftungen im Amt Bordesholm ist wirklich angsterregend und gefährlich. Lasst uns also
gemeinsam dafür sorgen, den Täter zu finden. Wir wollen
kein Spitzeltum in den Wehren. Wir wollen nur offene Augen
und Ohren, um Gefahren von unseren Bürgern fernzuhalten.
Vielen Dank für Eure Hilfe!" Bürgermeister Sönke Schröder
war seine jahrelange Diskussionserfahrung aus sperrigen
Gemeindevertretersitzungen positiv anzumerken. Die Massen schienen sich zu entspannen.

„Im Hinblick auf die weiteren zahlreichen Programmpunkte,
speziell die zeitaufwendigen Vorstandswahlen, möchte ich in
der beschlossenen Tagesordnung fortfahren." Frank Gebhardt hatte die Versammlung wieder im Griff – wenigstens
für die nächste halbe Stunde.

*

Die Wahl des Wehrführers wurde, wie üblich und wie in den
Statuten der Wehr festgelegt, in geheimer Abstimmung
durchgeführt.

Beim Ausfüllen der vorbereiteten Wahlzettel ließen sich die
Kameraden viel mehr Zeit als sonst. Zeichnete sich eine Ab-
rechnung mit dem Wehrführer ab? Etliche Gläser Bier und
Korn wurden während des Wahlganges in die Kehlen der
Kameraden gekippt. Als nach fast einer halben Stunde, die
für alle Beteiligten endlos erschien, der letzte Wahlzettel ab-
gegeben worden war, konnten die Mitglieder des Wahlaus-
schusses mit der Stimmenauszählung beginnen. Die Feuer-

wehrleute trafen sich während der Auszählung vor dem Gerätehaus und diskutierten, weitere Bierchen vernichtend, über den dritten Tagesordnungspunkt und die Forderungen des Wehrführers und des Bürgermeisters.

„Wir können uns doch nicht gegenseitig anscheißen. Wo leben wir denn?"

„Aber falls es doch ein Kamerad sein sollte? Da müssen wir gegen angehen!"

Nach fünfzehn Minuten wurden die aufgeregten Kameraden ins Gerätehaus gerufen:

„Ich gebe Euch das Ergebnis der Wahl zum Wehrführer bekannt: Frank Gebhardt ist einstimmig bei einer Enthaltung wiedergewählt!" Amtswehrführer Karsten Lütt war die Erleichterung über dieses tolle Ergebnis deutlich anzumerken. Und Frank Gebhardt plumpste – für alle im Raum deutlich hörbar – ein dicker Wackerstein vom Herzen.

„Liebe Kameraden, ich danke Euch allen für Euer Vertrauen! Und ich verspreche Euch, auch in den nächsten sechs Jahren als Euer Wehrführer für Euch alle dazu sein!"

Die letzten Worte gingen im allgemeinen Jubel der zahlreichen Feuerwehrmänner unter.

16

Bielfeld war stinkig: „Ich hab` die Schnauze voll. Nie ist der Kerl zu erreichen. Zu Hause nicht, auf der Arbeit nicht, und sein Handy ist auch immer abgeschaltet. Der wird jetzt vorgeladen. Am besten Freitag früh, damit er das ganze Wochenende daran zu knabbern hat." Bielfeld knallte den Hörer auf die Telefongabel.

Friedberg musste grinsen. Wenn ihr Chef schlechte Laune hat, ist er nicht zu genießen. „Ich ruf bei ihm an", sagte sie deshalb beschwichtigend, „auf der Arbeit sollen seine Kollegen ihn informieren und zu Hause hat er einen Anrufbeantworter." Bielfeld beruhigte sich. ‚Das hätte er ja auch gleich machen können.' Stattdessen hat er den Hörer aufgelegt. Das war unüberlegt, weil er sich aufgeregt hatte.

„Er ist zur Zeit der einzige Verdächtige, der ein Motiv hat. Und überhaupt, was ist mit dem Kunden, der das Autohaus Kath angezeigt hatte? Ist der schon auf sein Alibi überprüft worden? Und habt ihr die Kundenlisten von Autohaus Kath und vom Frisörladen überprüft, ob hier weitere Täter infrage kommen oder Kunden die in beiden Listen auftauchen? Was ist mit den Zeugen, die einen Verdächtigen zum Brand bei Aldi angeblich gesehen haben?"

Friedberg musste sich erst einmal sammeln, das waren viele Fragen auf einmal.

„Also erstens: Den Neumeier haben wir jetzt an der Angel. Dann, der Kunde, der das Autohaus angezeigt hatte, hat ein Alibi. Die Kundenlisten vom Autohaus Kath und dem Frisörladen werden zurzeit noch durchgearbeitet. Festgestellt wurde lediglich, dass 22 Kunden, die beim Autohaus registriert sind, auch beim Frisörsalon ‚Kamm und Schere' Kunden waren. Weitere Verdächtige gibt es bisher noch nicht, und die drei Zeugen vom Aldi-Brand geben an, dass der Zeuge groß, dünn, jung, mit langen dunklen Haaren, Milchbart und Sonnenbrille in Jeans und Kapuzenpullover mit Turnschuhen so um zwanzig bis dreißig Jahre alt ist. Also eine ziemlich normale Figur hat und so alt ist wie wir."

Bielfeld runzelte seine Stirn: „So alt wie wir und eine normale Figur?" wiederholte er und streichelte dabei mit der rechten Hand über seinen Bauch.

„Von der Feuerwehr haben wir auch noch keine Nachricht, ob aus ihren Reihen ein Verdächtiger in Frage kommt", legte Friedberg nach.

„Ok, dann arbeiten wir unsere Liste ab. Als Erstes den Neumeier, dann sehen wir weiter." Bielfeld drehte sich um und ging zum Kaffeeautomaten, immer noch seinen Bauch streichelnd.

*

Wohlwollend stellte Bielfeld fest, dass Peter Neumeier ein Glas Wasser vor sich auf dem Tisch stehen hatte. ‚Neumeier ist Friedberg wohl unsympathisch, sonst hätte sie ihm eine Tasse Kaffee angeboten' dachte er und positionierte sich vor dem Tisch, an dem Neumeier saß.

„Mein Name ist Hauptkommissar Bielfeld von der Kripo Kiel", stellte er sich vor, „und das ist meine Kollegin Oberkommissarin Friedberg."

Peter Neumeier schaute nur kurz auf und nickte. Nervös massierte er seine Hände.

„Ihr Name ist Peter Neumeier, geboren am 16 Mai 1963 in Hamburg, wohnhaft in Neumünster?" Wieder nickte Neumeier nur kurz.

„Sie müssen wissen, unser Gespräch wird aufgenommen, da nützt es wenig, wenn sie nur nicken. Sie müssen schon mit einem Ja oder Nein antworten."

„Ja, mein Name ist Peter Neumeier" krächzte er.

Neumeier musste sich wiederholen, weil er einen Frosch im Hals hatte.

„Es ist sehr schwierig, Sie zu erreichen", wechselte Bielfeld das Thema, beugte sich über den Tisch und sah Neumeier streng an.

Neumeier rutschte von der Stuhlkante nach hinten an die Lehne um den alten Abstand wieder herzustellen.

Unwillig schaute er Bielfeld an und erwiderte trotzig: „Ich habe eine Arbeit auszurichten, und wenn ich beim Kunden bin, darf ich nicht gestört werden."

„Was machen Sie denn genau?" setzte Bielfeld nach.

„Ich bin in ganz Schleswig-Holstein zuständig. Das sind umfangreiche Schadensregulierungen. Da bin ich viel unterwegs."

„Was für Schäden müssen Sie denn regulieren, etwa Brandschäden?" hakte Bielfeld nach.

„Ja, in der Hauptsache", erwiderte Neumeier.

„Sind Sie denn auch für die Regulierung der Brände hier in Bordesholm zuständig? Etwa den Brand im Autohaus Kath oder den im Frisörsalon ‚Kamm und Schere'?" Es hörte sich fast wie ein Vorwurf an.

„Ja, ich bin dafür eingeteilt, weil ich in der Nähe wohne." Neumeier kam so langsam in seine Spur und wurde sicherer.

„Soll ich mich jetzt entschuldigen, weil ich hier eingeteilt wurde?", rechtfertigte er sich.

„Ich glaube, Ihnen ist nicht ganz klar, dass es sich hier um Mord handelt. Wir haben zwei Tote zu beklagen" setzte Bielfeld nach. „Na gut, dann erzählen Sie uns, wo Sie sich zum Beispiel am Montag den 14. November gegen zwölf Uhr und vierzehn Tage später, am 28. November morgens um sechs Uhr aufgehalten haben, und wer das bestätigen kann."

„Das weiß ich so nicht, da muss ich erst in meinem Notizbuch nachschauen." Bielfeld stellte zufrieden fest, dass sich auf Neumeiers Oberlippe Schweißperlen bildeten, die sich in seiner Hasenscharte trafen und herunterliefen. Unbewusst geübt schob Neumeier seinen Unterkiefer vor und leckte mit seiner Zunge die Schweißperlen ab.

„Na, da schauen Sie mal nach." Bielfeld packte einen Stuhl an der Lehne, drehte ihn um und setzte sich breitbeinig Neumeier gegenüber.

Hektisch blätterte der in seinem Büchlein hin und her und schaute schließlich auf.

„Da hatte ich keinen Termin", flüsterte er.

„Dann wissen Sie vermutlich auch nicht, wo Sie waren", donnerte Bielfeld los und schlug mit der flachen Hand auf den Tisch.

„Ich glaube, ich war in Kiel", gab Neumeier kleinlaut zu.

„Aha, Sie glauben, und haben Sie Zeugen?" hakte Bielfeld nach.

„Zeugen, warum brauche ich Zeugen?" fragte Neumeier dümmlich.

„Weil Sie verdächtigt werden, im Frisörsalon ‚Kamm und Schere' und im Autohaus Kath einen Brand gelegt zu haben."

„Und was für ein Motiv sollte ich gehabt haben?" fragte Neumeier.

Bielfeld war verdattert, so dumm scheint der Neumeier doch nicht zu sein. Der erfahrene Versicherungsmann sah die Unsicherheit bei Bielfeld und setzte nach.

„Haben Sie Beweise, dass ich den Brand gelegt habe? Wenn nicht, werde ich jetzt gehen, und das nächste Mal möchte ich meine Rechtsanwältin Monika Jöhnck dabeihaben."

Bielfeld knallte seinen Ordner auf den Tisch und schrie Neumeier an:

„Weil Sie Streit hatten! Im Autohaus Kath haben Sie den Verkäufer Trautmann bedroht, weil er Sie angeblich nicht richtig eingewiesen hat. Und im Frisörladen hatten Sie die Angestellte beschimpft, weil diese Sie versehentlich am Ohr verletzte." Bielfeld machte eine bedeutungsvolle Pause und fuhr fort: „Und jetzt haben wir zwei Tote zu beklagen."

„Haben Sie Beweise, dass ich den Brand gelegt habe?" wiederholte Neumeier, stand auf und griff nach seiner Jacke. Auf seinem Rücken und in den Achseln hatten sich Schweißflecken gebildet. Sein Blick schweifte triumphierend von Bielfeld zu Friedberg, dann ging er unaufgefordert zur Tür.

„Monika Jöhnck?" Bielfeld sah Friedberg fragend an, „die mit dem Fachgebiet Familien-, Miet- und Verkehrsrecht?" Bielfeld schüttelte seinen Kopf. „Muss ich das verstehen?"

17

„Finn, leg' doch mal das Handy weg! Ich muss mit Dir sprechen!"

Erika Friedberg rutschte unruhig auf ihrem Wohnzimmersessel herum.

„Bist Du schwanger? Oder willst Du Erwin etwa heiraten? Oder hast Du Dich in einer anderen Stadt beworben und wir müssen umziehen?" Finn schaute seine Mutter provozierend gutgelaunt an.

„Ach Quatsch, Du Tüddelpott! Es geht um Dich, nicht um mich!"

„Mit mir ist alles ok! Meine Schulnoten sind außergewöhnlich gut und Nasrin liebt mich immer noch. Was will ich mehr, außer vielleicht mehr Taschengeld."

Schon wieder dieses freche Grinsen.

„Gehst Du eigentlich noch regelmäßig ins vitaMAX?" Erika Friedberg versuchte, das Gespräch in vernünftige Bahnen zu lenken.

„Nee, dazu habe ich keine Zeit. Außerdem ist die kostenfreie Probezeit zu Ende. Und der Mitgliedsbeitrag ist mir zu teuer."

„Hast Du denn keine Lust, etwas anderes zu unternehmen? Auch mal mit Deinen Schulkameraden? In Deiner Freizeit siehst Du die überhaupt nicht!"

„Na, es reicht doch, diese Spacken von acht bis fünfzehn Uhr zu ertragen. Die sind alles naive Spastis, die noch an den Klapperstorch glauben. Eine Freundin hat keiner von denen."

„Nun gib nicht so an, Du Weiberheld! Ich wäre schon froh, wenn sich Deine Gedanken nicht nur um Nasrin drehen würden."

„Jetzt kommt wieder diese alte Leier, Mutti. Nasrin und ich sind wirklich sehr glücklich miteinander!"

„Das freut mich ja für Dich. Aber nur Nasrin und Internet finde ich zu wenig!"

Erika Friedberg zeigte wieder mal ihre Sorgenfalten auf der Stirn. Trotz intensivem Eingeschmiere mit teuren Hautcremes aus dem Reformhaus wurden die Falten zu ihrem großen Kummer immer sichtbarer.

„Was soll ich denn machen? So viele tolle Möglichkeiten gibt es hier in der Provinz doch gar nicht!"

„Na, auf dem Lande gehen viele Jugendliche zur Freiwilligen Feuerwehr. Gerade die Wattenbeker Wehr ist doch sehr aktiv. Und mit sechzehn Jahren bist Du auch alt genug und musst Dir keine Jugendwehr suchen." Mutti Friedberg schaute etwas entspannter, als ob ihr ein Stein vom Herzen gefallen war.

„Ach daher weht der Wind. Soll ich Dir als Feuerwehrmann helfen, Deinen Brandstifter zu finden? Du spinnst wohl!"

„Finn! Benimm Dich bitte! Aber im Ernst, es gibt den begründeten Verdacht, dass ein Feuerwehrmann die Brände gelegt haben kann. Und etwas Insiderwissen aus den Wehren könnte bei den Ermittlungen nicht schaden! Und eine Hand wäscht die andere." Erika sprach in Rätseln.

„Willst Du mich jetzt mit der eigentlich selbstverständlichen Taschengelderhöhung ködern? Durch Deine Beförderung verdienst Du doch mehr als vorher. Ein Teil davon steht mir als Mitglied des gemeinsamen Haushaltes doch automatisch zu. Auch ohne Feuerwehrdienst!" Finn schaute immer noch provozierend.

„Ok, zehn Euro pro Monat gibt es mehr. Und Du meldest Dich bei der Wehr in Wattenbek an."

„Dafür gibt es einen Extrabonus! Nasrin wird ja auch bald sechzehn. Ich finde es normal und selbstverständlich, wenn sie dann offiziell bei mir schlafen darf. Ohne Angst vor Muttis Argusaugen."

„Aber nicht jede Nacht!" Kaum, dass Erika Friedberg das ausgesprochen hatte, bemerkte sie ihren taktischen Fehler. Finn grinste jetzt richtig breit.

„Ne, aber am Wochenende. Und das geht von Freitag bis Montag. Abgemacht!"

„Du bist ein frecher Hund und übertölpelst Deine alte Mutter! Aber ich hab' Dich trotzdem lieb." Jetzt musste auch Erika Friedberg lächeln.

„Und nächste Woche meldest Du Dich beim Wehrführer Frank Gebhardt an!"

18

Melanie Weinand blickte von der Schanze zum Einfelder See herunter. Sie hatte ihren kleinen Wagen aus dem Verkehr heraus auf den Parkplatz oberhalb des Sees gelenkt, um sich zu sammeln. Erinnerungen stiegen auf. Dort unten, auf dem breiten Strand, waren sie spazieren gegangen, hatten im flachen Wasser gebadet, an einem kleinen Feuer von einer glücklichen Zukunft geträumt. Endlich, nach unendlich vielen Praktika und Zeitverträgen, schien sich für Hans das Blatt zu wenden. Die Firma hatte ihm eine Festanstellung angeboten. Veranstaltungen würde er organisieren, mit Festgehalt und Gewinnbeteiligung. Sie hatten etwas getrunken, waren ins Schwärmen geraten, hatten Pläne geschmiedet, sogar von Kindern gesprochen.

Die junge Frau tupfte sich einige Tränen von der Wange. Dann startete sie den Ford Ka und bog in den Verkehr ein. Nach einer kurzen Strecke drosselte sie das Tempo. Gleich würde die gefährliche Kreuzung des Radweges kommen. Generationen von Elternvertretern hatten sich bereits an der Entschärfung dieser Gefahrenquelle im Schulweg ihrer Kinder abgearbeitet – ohne Erfolg. Von hier aus bis nach Neumünster hinein war langsames Fahren angesagt. Melanie Weinand geriet wieder ins Sinnieren.

Was war dann schief gelaufen? Oft schon hatte sie sich diese Frage gestellt, sich und auch Hans. Sein Job war mit unregelmäßigen Arbeitszeiten verbunden. Manchmal sahen sie sich tagelang und gerade übers Wochenende nicht. Hans kam immer seltener zu ihr, auch wenn sie wusste, dass er im Ort war. Eine Freundin hatte ihn einmal an einem Spielautomaten in einer Gaststätte in Kiel gesehen. Als sie ihn darauf ansprach, reagierte er unwirsch, abweisend. Dann kam er zu ihr, weil er Geld brauchte. Angeblich für alle möglichen Zwecke. Da war ihm kein Grund zu peinlich. Beim ersten Mal hatte sie ihm etwas gegeben. 800 Euro. Die waren futsch. Aber dann fehlte Geld in ihrem Portemonnaie. Und Bekannte erzählten, sie hätten ihm Geld geliehen, aber nicht zurückbekommen. Ihr war es wie Schuppen von den Augen gefallen: Hans war spielsüchtig. Suchtkrank. In einer Beratungsstelle hatte sie sich informiert. Sie musste darauf achten, nicht zur Co-Süchtigen zu werden. Als sie ihm kein Geld mehr geben wollte, war er ausfällig geworden, hatte sie auch geschlagen. Immer wieder redete er von dem Versagen des Systems, dass er es den Ausbeutern und Kapitalistenschweinen noch heimzahlen werde.

Melanie Weinand parkte ihren Wagen auf dem großzügigen neuen Parkplatz, den sie schon oft gesehen, aber den sie aber nie zu nutzen gewagt hatte. Sie ging auf die bedrückenden weißen Gebäude mit den backsteinumrahmten Fenstern zu. Kaiserzeitliche Architektur, die Untertanen klein machen sollte. An der Pforte legte die Besucherin ihren Ausweis vor und wurde von einer Beamtin zum Besuchsraum gebracht. Dort wartete Hans auf sie. Eine halbe Stunde durften sie miteinander sprechen. Die Beamtin blieb im Raum. Hans war dankbar, dass Melanie gekommen war. Er redete von sich. Vom Alltag in der Anstalt, dass er die Suchttherapie genehmigt bekommen hatte, dass er an der Anstaltszeitung mitarbeiten würde. Kein Wort sagte er zu ihr, zu ihrer beiden Zukunft.

Ehe sich Melanie Weinand versehen hatte, war die halbe Stunde vorbei. Die Beamtin, die gemerkt hatte, dass Melanie nicht zu Wort gekommen war, obwohl sie etwas auf dem Herzen hatte, sprach ihr Trost zu:

„Nehmen Sie sich das nicht so sehr zu Herzen. Alles ist neu für ihn, er muss sich hier zurechtfinden. Nicht alle sind nett zu ihm. Da läuft ihm der Mund über, wenn Besuch kommt, der zuhört. Der jungen Frau beim letzten Besuchstermin ist es nicht anders ergangen."

Der letzte Satz traf Melanie wie ein Schlag. Wie in Trance erreicht sie ihr Auto, steuerte den Parkplatz auf der Schanze an, blickte auf das Wasser. Wind war aufgekommen. Weiße Schaumkappen krönten die Wellen.

„Dir scheint es ja ganz gut zu gehen da im Knast, Hans Handtuch!" Sie redete laut, stieg aus dem Auto aus und deklamierte weiter deutlich in den Wind hinein: „Du hast Deinen geregelten Tagesablauf. Alle Entscheidungen werden Dir abgenommen. Niemand verführt Dich zur Sucht. Dir wird geholfen." Ihr schossen die Tränen in die Augen: „Sogar von zwei Frauen!"

Während eines Spazierganges auf dem Uferweg lüftete ihr der Wind Körper und Geist.

„Jetzt, Hans Handtuch, ist es mit der Zurückhaltung vorbei."

Zu Hause öffnete Melanie Weinand eine Flasche Prosecco. Als sie die zur Hälfte geleert hatte, griff sie zum Telefon und wählte:

„SOKO Feuerteufel, Oberkommissarin Friedberg, ja, bitte?"

„Hier ist Melanie Weinand. Ich möchte eine Aussage machen. Wegen der Brände in Bordesholm."

„Ja. Geben Sie bitte ihre Personalien an. Ihr Name ist Melanie…"

Melanie unterbrach die Oberkommissarin:

„Ich komme morgen aufs Revier. Dann erzähle ich Ihnen, wer der Feuerteufel ist."

Sie legte auf.

Erika Friedberg murmelte: „Was war das denn?"

Das sollte sie am nächsten Vormittag erfahren. Melanie Weinand erschien tatsächlich auf der Wache und sagte folgendes aus:

„Mein Freund Hans Handtuch ist an den Brandtagen mit Rußspuren an den Händen und an der Kleidung in meiner Wohnung erschienen. Während er lange geduscht hat, musste ich seine Klamotten waschen. Er habe nur gesagt, diesen Kapitalisten und Ausbeutern müsse man es zeigen. Alle Selbständigen müssten bestraft werden. Ich habe nichts gegenüber der Polizei gesagt, weil ich Angst vor Schlägen und vor dem Alleinsein hatte. Da Hans Handtuch jetzt aber eine zweijährige Freiheitsstrafe in der Justizvollzugsanstalt Neumünster absitzt, kann ich ohne Angst reden. Und alleine bin ich sowieso."

Hauptkommissar Bielfeld, dem Erika Friedberg das Protokoll auf den Tisch legte, brummt nur:

„Na, denn erwirken Sie mal eine Besuchserlaubnis bei den Kollegen von der JVA."

19

Erika Friedberg wedelte mit einem Papier vor Bielfelds Gesicht.

„Was ist das?" brummte Bielfeld.

„Unser Termin, wir können heute unseren nächsten Verdächtigen Hans Handtuch vernehmen."

Bielfeld versuchte, Friedberg den Zettel aus der Hand zu schnappen, aber er schlug nur ein Windloch, weil die Oberkommissarin den Zettel schnell wegzog. Friedberg freute sich diebisch, weil sie Bielfeld an der Nase herumführte. Sie hatte gute Laune.

„Wann", maulte Bielfeld, der die gute Laune seiner Kollegin nicht teilen konnte.

„Heute um 14:00 Uhr."

„Was haben wir von Hans Handtuch?" fragte Bielfeld, während er gleichzeitig nach dem Zettel griff, den Friedberg auf den Tisch gelegt hatte.

„Nun, da ist die Aussage von seiner Ex-Freundin, die behauptet, dass Handtuch an den fraglichen Brandtagen mit Rußspuren an den Händen und an der Kleidung in ihrer Wohnung erschienen ist. Sie musste seine verrußten Sachen waschen. Außerdem hat er radikale Ansichten, die er lautstark vertritt."

„Ja, ja, das weiß ich alles, aber kann es nicht auch ein Racheakt von Melanie Weinand sein, weil er sie verlassen hat. Und sie meldet das erst jetzt, um ihm noch einen reinzuwürgen. Ist er sonst noch auffällig?"

„Also beim Verfassungsschutz ist er nicht aktenkundig. Das hat uns Kollege Wolfgang Thiede bestätigt. In seinem langen Vorstrafenregister sind viele Straftaten wegen Körperverletzung und Nötigung enthalten. Brandstiftungen sind dort nicht verzeichnet."

„Na gut, dann lass uns mal losfahren", übernahm Bielfeld. Friedberg schaute auf ihre Uhr: „Jetzt schon? Wir haben noch jede Menge Zeit."

„Ich möchte noch auf dem Großflecken anhalten und etwas essen. Ich habe einen mörderischen Hunger", erwiderte Bielfeld.

„Das passt, mit mörderischem Hunger wird ein möglicher Mörder verhört. Eine Tasse Kaffee könnte ich auch vertragen. Wer fährt?"

„Fahr Du bitte, wir machen ja keine Verfolgungsfahrt, da kann nichts passieren", lachte Bielfeld verschmitzt in sich hinein, wobei er wusste, was jetzt passiert.

„Was soll das denn heißen?" kam prompt die Reaktion von Friedberg. „Soll das heißen, ich kann nicht Auto fahren?"

„Nein" erwiderte Bielfeld. „Frauen fahren sicherer", und murmelte leise weiter, „...mit Bus und Bahn."

„Das habe ich gehört!" erboste sich Friedberg. Statt einer Antwort stapfte Bielfeld grinsend aus dem Büro.

Endlich in Neumünster auf dem Großflecken angekommen, fuhren sie rechts ab zum Parkplatz Waschpohl.

„Rechts, da rechts ist ein Platz frei." Aber sie waren schon zu weit gefahren. Friedberg bremste und fuhr zurück.

„Fahr doch da vorn links, da ist auch einer frei." Friedberg bremste.

„Da, ein Stück weiter, da ist auch noch einer."

Friedberg wurde sauer. „Was denn nun, wo möchte der Herr denn parken?"

„Park doch, wo Du willst." Bielfeld lehnte sich zurück. Er muss sich mehr zurückhalten. Er nahm sich vor, in Zukunft toleranter zu sein. Friedberg stellte den Wagen auf dem nächsten freien Parkplatz ab.

„Weiß der Herr denn, wo er essen möchte?" Friedberg sah Bielfeld fragend an.

„Lass uns erst einmal zum Großflecken gehen, da gibt es mehrere Möglichkeiten", brummte Bielfeld.

Friedberg bemühte sich beim Essen, das Thema zu wechseln. Sie hatten einen sehr schönen Ausblick vom Fenster des Restaurants auf den Großflecken und das Treiben auf der Straße. Gesättigt gingen sie dann wortlos zurück zum Auto und fuhren zur JVA Neumünster. Sie parkten ohne großen Kommentar auf dem Parkplatz direkt rechts vom großen Tor und gingen auf das Fenster daneben zu, um ihre Dienstausweise zu zeigen. Ein Summer ertönte, und sie konnten die kleine Eingangstür daneben aufstoßen. Im Flur meldeten sie sich über die Sprechanlage beim Pförtner, der hinter der dicken Glasscheibe saß. Der schaute nur kurz auf den Zettel, den Friedberg hochhielt, und drückte auf einen Knopf, wodurch jetzt die zweite Tür weiter hinten im Flur summte. Eilig gingen sie den Flur bis zum Ende und Bielfeld drückte die Tür auf.

Sie standen jetzt auf dem Vorhof. Weiße Strichlinien wiesen den Weg auf Kopfsteinpflaster über den Hof zu einer weiteren Tür. Friedberg überkam ein unangenehmes Gefühl. ‚Hier möchte ich nicht eingesperrt sein' murmelte sie und zog unwillkürlich ihre Jacke fester zu. ‚Die Mauern sind bestimmt sechs bis sieben Meter hoch', schätzte Friedberg. Bielfeld war schon an der Tür gegenüber angekommen: „Was ist, möchtest Du Dich ein bisschen sonnen?" frotzelte er. Eilig mit kleinen Schritten folgte Friedberg ihm. Die Tür wurde von Innen durch einen Beamten aufgeschlossen. Als sie in den beleuchteten Flur traten, wurde sie mit einen lauten

Krachen wieder zugeschlagen und abgeschlossen. Friedberg erschrak. Alleine kam sie hier nicht wieder raus. Der Beamte schaute Friedberg an und grinste.

„Fühlen Sie sich wie zu Hause." Offenbar hatte er die Kommissarin richtig eingeschätzt. Er ging an den Beiden vorbei, den Flur entlang, eine Steintreppe hoch, in den ersten Stock. Entgegen Friedbergs Befürchtung kamen sie nicht an den Zellen vorbei, sondern wurden direkt in einen kleinen Raum geführt, in dem nur ein Tisch mit vier Stühlen stand.

„Machen Sie es sich bequem", spottete der Beamte, „wir bringen den Gefangenen Hans Handtuch sofort." ‚Der hat einen merkwürdigen Humor' dachte Friedberg, und setzte sich neben Bielfeld in der Erwartung, dass der Gefangene sich gegenüber von Bielfeld setzen würde. Sie schauten Beide zur Tür als Handtuch eintrat. Man hatte ihm zum Verhör Handschellen angelegt. Er setzte sich prompt gegenüber Friedberg auf den Stuhl und grinste sie unverschämt an. Der Beamte schloss die Tür und stellte sich so, dass er jederzeit eingreifen konnte, wenn der Gefangene Ärger machen sollte.

„Mein Name ist Bielfeld, Hauptkommissar Bielfeld"

‚Mein Gott', dachte Friedberg, ‚fehlt nur noch, dass er sich als Bond vorstellt.'

„Und das ist meine Kollegin Oberkommissarin Friedberg", beeilte sich Bielfeld mit einem Seitenblick auf Friedberg zu sagen.

„Wir haben die Aussage eines Zeugen, dass Sie an den Bränden in Bordesholm beteiligt waren. Ihre Wäsche war verkohlt und Sie hatten leichte Verbrennungen."

„Ja, klar. Hat Ihre famose Zeugin auch gesagt, warum ich nach Qualm roch und warum ich mich verbrannt habe?" Handtuch hatte gar nicht gefragt, wer der Zeuge war, sondern ging gleich davon aus, dass es Melanie Weinand war.

„Die ist doch nur eifersüchtig, weil ich eine Andere kennengelernt habe, und will mir einen reinwürgen, weil ich sie verlassen habe."

„Dann erzählen Sie uns doch, warum Ihre Ehemalige Ihre Wäsche waschen sollte." Hans Handtuch richtete sich in seinem Stuhl von seiner provokanten, breitbeinigen Lage auf und lehnte sich mit den Ellenbogen auf den Tisch. Ekelerregender Mundgeruch schlug Friedberg entgegen. Angewidert schrak sie zurück.

„Ganz einfach: Ich habe einen alten Kumpel aus vergangenen Zeiten getroffen. Wir haben uns von Aldi eine Flasche Korn und ein paar Dosen Bier geholt. Wir sind dann runter zur Eider und haben uns unter der Brücke ein schönes Lagerfeuer angezündet. Kalt genug war es ja. Als wir einen ordentlich intus hatten, sind wir wohl eingeschlafen und erst aufgewacht, weil es zu warm wurde."

Bielfeld schob den Tisch wieder in seinen alten Standort zurück. Der Beamte hatte sich gleichzeitig von der Wand abgestoßen, um eingreifen zu können. Aber er wurde nicht benötigt und konnte sich entspannt zurücklehnen.

„Ah ja, und wie heißt der alte Kumpel?" hakte Bielfeld nach.

„Sehr witzig, wir haben alle nur Nicknamen, damit können Sie doch nichts anfangen. Das war Pommes. Außerdem müssen Sie mir was beweisen, und nicht ich Ihnen. Ich kenne mich da aus!"

„Nun ja, aber hilfreich wäre es für Sie gewesen, wenn Sie einen Zeugen hätten. So sind Sie immer noch ein Verdächtiger für uns."

Bielfeld wandte sich an Friedberg:

„Komm, lass uns gehen."

20

Friedberg musste sich eingestehen, dass sie doch nervös war. Finn sollte schon seit einer Stunde zu Hause sein. Sie hatte Salat zum Abendessen vorbereitet. Sie selbst ist Vegetarierin, aber für Finn hatte sie extra Putenstreifen zum Garnieren vorbereitet. Ein Glas Rotwein hatte sie sich schon gegönnt. Als sie sich ein zweites Glas einschenkte, hörte sie, wie Finn das Haus betrat.

„Hallo, ich bin wieder da", rief er vom Flur aus. ‚Ach was, dachte Friedberg ‚wer sollte es denn sonst sein. Wir wohnen doch nur zu zweit hier. Noch!'

„Ich bin in der Küche", rief sie zurück, „wasch dir die Hände..., ich füll schon mal auf." Sie hörte, wie Finn seine Schlüssel auf die Kommode im Flur warf, seinen Rucksack an die Garderobe hing und die Treppe hinaufging. Augenblicke später kam er in der Küche auf sie zu und gab ihr einen Kuss auf die Wange. „Hallo Mom, das hat richtig Spaß gemacht." Erika fiel ein Stein vom Herzen. Erst einmal, weil offensichtlich die Vorstellung bei der Freiwilligen Feuerwehr positiv verlaufen war, und zweitens, weil Finn alleine vom Thema anfing, das ihr persönlich am Herzen lag. Und weil sie sich freute, wenn Finn sie so herzlich begrüßte. Sie strahlte Finn an. „Na, erzähl, wie war es?" Finn genoss es, im Mittelpunkt zu stehen. Auch wenn sie nur zu zweit waren. Als wenn er alle Zeit der Welt hatte, packte er sich erst einmal ein paar Putenstreifen auf seinen Teller. „Warte doch", erinnerte Erika Finn an das gesunde Essen und legte mit dem Salatbesteck ihren gemischten Salat auf Finns und ihren Teller. Sie füllte noch einmal ihr Glas Rotwein nach und platzte dann raus. „Und, erzähl." Finn stopfte sich erst einmal einen Putenstreifen in den Mund, bevor er anfing:

„Das war cool, wir sind fünf Bewerber. Zwei Jungs, zwei Männer und ein Mädchen. Ich wusste gar nicht, dass Mädchen auch zugelassen werden. Aber, na ja. Wir waren in einem kleinen Raum, und der Ausbilder hat uns erst einmal erklärt, wie er sich das vorstellt mit uns. Wir müssen ein Führungszeugnis und ein ärztliches Attest vorlegen. Dann habe ich ein Formular mitgebracht, das müssen wir ausfüllen und Du musst es noch unterschreiben. Da sind alle Daten, wie Adresse, Handynummer und so weiter einzutragen. Nächstes Mal sollen wir Sportsachen mitbringen. Weiterhin werden Feuerwehreinsätze geübt, auch an Samstagen. Es wird ein richtiges Feuer angezündet und wir sollen das löschen. Sogar ein Haus, in dem ein Einsatz geübt wird, haben die da. Dann transportieren wir uns gegenseitig, um zu lernen, mit der Trage umzugehen."

Friedberg musste insgeheim lächeln. Finn hatte sich richtig in Rage geredet und schon rote Wangen bekommen. Aber er redete schon weiter.

„Wir bekommen, wie bei der Bundeswehr, eine Grundausbildung. Da müssen wir uns vom Haus abseilen und mit schwerem Gerät Autos aufschneiden. Türen aufbrechen, Menschen aus Gewässern retten, vollgelaufene Keller abpumpen, bei Hochwasser mit unsren Booten Menschen evakuieren. Ganz schwierig wird es, wenn wir eine Katze aus dem Baum holen sollen oder ein Wespennest umsetzen. Zuletzt wird festgelegt, wofür der einzelne Anwärter geeignet ist. Für den Wassertrupp, der für die Wasserversorgung zuständig ist, oder für den Schlauchtrupp, der die Schläuche legt. Da wird sogar eine Sitzordnung im Fahrzeug festgelegt, damit jeder so schnell wie möglich seinen Auftrag erfüllen kann. Das Schwerste wird wohl die Arbeit mit dem Atemschutzgerät sein." Finn hatte mittlerweile vergessen, weiter zu essen.

„In drei Monaten sollen wir an den Einsätzen teilnehmen. Aber nur zuschauen. In einem halben Jahr ist Jahreshauptversammlung, da bekommen wir eine Urkunde, in der steht, wofür wir eingesetzt werden, beziehungsweise wofür wir geeignet sind."

„Mann, das ist ja richtig spannend, hast Du schon mit Nasrin gesprochen?" unterbrach Friedberg ihren Sohn.

„Nein, wir treffen uns gleich nach dem Essen."

„Und vergisst Du unsere Abmachung auch nicht?"

„Welche, die das Nasrin am Wochenende hier übernachten darf?" Friedberg schlug Finn mit der flachen Hand auf die Schulter. „Du Schlummi, Du weißt schon, was ich meine."

„Ja, ja Mama. Ich schaue mich um. Wenn ich etwas Verdächtiges sehe, werde ich Dich sofort benachrichtigen. Wobei ich jetzt schon sagen kann, dass einige der neuen Wehrkameraden den Eindruck auf mich machen, dass sie ‚blaulichtgeil' und scharf auf einen Einsatz sind. Wenn ich ehrlich bin, gehöre ich auch dazu."

Friedberg schüttelt den Kopf. „Ihr trefft Euch doch bestimmt noch, um zusammenzusitzen, so eine Art Kameradschaftsabende, und dann ist die beste Möglichkeit, wenn Du die älteren Kameraden nach ihrer Meinung fragst. Das fällt nicht auf, weil Du neu bist."

„Mach ich, Mom, jetzt muss ich aber los, ich habe Nasrin versprochen, noch vorbeizukommen." Finn stand auf und war schon im Flur verschwunden. Kurz darauf rief Finn: „Tschüss, Mom, warte nicht auf mich." Friedberg hörte, wie die Tür zuknallte und machte sich an den Tisch, um ihn abzuräumen. Auf Finn`s Teller thronte der Salat. Die Putenstreifen waren weg.

21

„Ich habe Ihnen ein Buch mitgebracht. Das Strafgesetzbuch." Schwungvoll legte Wilhelm Bielfeld das in der bekannten Reihe ‚Beck Texte im dtv' erschienene Buch auf den Tisch vor Melanie Weinand. Er hatte die Zeugin zu einer Vernehmung vorgeladen, weil ihre Aussagen den Angaben des Beschuldigten diametral gegenüberstanden. In den Raum waren mit Bielfeld seine Kollegin Erika Friedberg und der Sachverständige Werner Lorenzen getreten.

„Ich möchte Ihnen Herrn Lorenzen vorstellen. Frau Friedberg kennen Sie ja schon. Herr Lorenzen ist Sachverständiger, er kennt sich mit dem Thema Brandstiftung und Brandstifter aus und wird Ihnen vielleicht ein paar Fragen zu Herrn Handtuch stellen. Doch nun zunächst zu diesem Buch hier." Die drei nahmen Platz, Bielfeld gegenüber der Zeugin Weinand. Bielfeld begann, im Strafgesetzbuch zu blättern.

„Paragraph 160. Gleich sind wir da. Hier ist es, Paragraph 164. Den möchte ich Ihnen vorstellen, bevor wir unser Gespräch beginnen. In dem Paragraphen geht es um ‚Falsche Verdächtigung'. Hier steht:

Wer einen anderen bei einer Behörde oder einem zur Entgegennahme von Anzeigen zuständigen Amtsträger oder militärischen Vorgesetzten oder öffentlich wider besseres Wissen einer rechtswidrigen Tat oder der Verletzung einer Dienstpflicht in der Absicht verdächtigt, ein behördliches Verfahren oder andere behördliche Maßnahmen gegen ihn herbeizuführen oder fortdauern zu lassen, wird mit Freiheitsstrafe bis zu fünf Jahren oder mit Geldstrafe bestraft."

Der Hauptkommissar klappte das Buch geräuschvoll zu, blickte Melanie Weinand ernst an, und sagte:

„Bis zu fünf Jahren. Falsche Verdächtigung ist also keine Lappalie. Das muss Ihnen klar sein. Wir erwarten jetzt präzise, wahrheitsgemäße Aussagen."

„Aber natürlich. Fragen Sie. Ich werde Ihnen so gut ich kann antworten. Wahrheitsgemäß."

Nun griff Friedberg in das Gespräch ein. Nach dem bewährten Prinzip böser Cop – guter Cop säuselte sie:

„Nehmen Sie das nicht so ernst. Er ist ein guter Polizist, nur manchmal ein wenig bullerig. Aber schildern Sie uns bitte noch einmal genau, was Sie an den Brandtagen hinsichtlich Hans Handtuch beobachtet haben."

„Ja, gerne. Das mache ich. Aber ich beschuldige oder verdächtige Niemanden. Mir kam das Verhalten von Herrn Handtuch nur merkwürdig vor." Und dann schilderte die Zeugin den Verlauf ihrer Begegnungen mit Hans Handtuch an den Brandtagen. Sie schien sich ihrer Sache sehr sicher zu sein.

‚Entweder das ist wahr, oder die hat sich sehr gut vorbereitet', dachte Wilhelm Bielfeld und sagte: „Ich habe keine Frage mehr. Herr Lorenzen, bitte…"

„Können Sie mir noch etwas über Herrn Handtuch sagen? Von seiner Spielsucht weiß ich. Aber wie verhielt er sich gegenüber Feuer. Haben Sie da Besonderheiten festgestellt?"

„Hans war fasziniert von Feuer. So oft es ging besuchte er Veranstaltungen, bei denen Feuer entzündet wurden. Ich habe ihn ein paar Mal begleitet. Zum Beispiel zum Osterfeuer auf der Vogelwiese. Einmal sind wir sogar zum Biikebrennen nach Föhr gefahren. Immer geht er ganz nah an das Feuer heran, lässt sich nicht ablenken, steht oder sitzt noch da, wenn nur noch die Glut glimmt."

Lorenzen ist nicht zufrieden: „Und er selbst? Haben Sie ihn beobachtet, wie er Feuer entzündet, kokelt?"

„Ja, das war Weihnachten immer eine Last. Die kleinste Kerze wurde zu einem lang brennenden Objekt. Immer wieder wurde Wachs geknetet, gehärtet, um dann neben dem Docht dem Feuer neue Nahrung zu geben. Es ist einfach so: Hans war in Feuer vernarrt."

Jetzt stellte Erika Friedberg ihre Fragen: „Wie war das mit der Trennung von Herrn Handtuch? Wann haben Sie sich von ihm abgewandt? Und weshalb haben Sie ihn im Gefängnis besucht?"

„Er kam zu mir und sagte, er brauche unbedingt 2000 Euro. Wenn ich ihm die nicht gäbe, wäre Schluss mit uns beiden. Weil ich eine solche Situation kommen gesehen hatte, war ich vorbereitet und antwortete, dass er Geld von mir nicht mehr bekomme. Wutentbrannt verließ er die Wohnung."

„Und der Besuch im der JVA? Warum?"

Erstmals war Melanie Weinand ein kurzes Zögern anzumerken: „Abschied nehmen. In sicherer, überwachter Umgebung. Da konnte er mir ja nichts tun. Und schließlich waren wir eine ganze Zeit zusammen."

Hauptkommissar Bielfeld schloss die Vernehmung und bedankte sich bei Melanie Weinand.

„Ich gebe Ihnen das Strafgesetzbuch mit. Da können Sie sich den Paragraphen 164 noch einmal in Ruhe durchlesen. Sie wissen doch: Es ist selten zu früh und nie zu spät." Melanie Weinand nahm ebenso überrascht wie sprachlos das Gesetzeswerk und schwebte aus dem Vernehmungsraum.

*

Erneut saßen Wilhelm Bielfeld und Erika Friedberg, dieses Mal vom Sachverständigen Werner Lorenzen begleitet, im Besprechungsraum der Justizvollzugsanstalt in Neumünster. Hans Handtuch war noch nicht anwesend. Erika Friedberg legte die Ermittlungsakte auf den Tisch und fragte den Beamten, der sie hergeführt hatte:

„Wie macht sich der Herr Handtuch denn hier bei Ihnen? Oder haben Sie nichts mit ihm zu tun?"

„Doch. Er gehört zu meiner Gruppe. Ich denke, er ist froh, von seiner Spielsucht weg zu kommen. Ansonsten ist er aktiv, interessiert sich für den Druck der Anstaltszeitung", berichtete der Beamte und brach ab, als Hans Handtuch hereingeführt wurde. Nachdem der Gefangene sich gesetzt hatte, stellte Bielfeldt den Sachverständigen Lorenzen vor und begann das Verhör:

„Gegen Sie liegen schwere Anschuldigungen vor. Wenn Sie die nicht entkräften können, werden Sie länger hierbleiben, als Ihnen lieb ist. Sie sollten überlegen, ob ein Geständnis in Ihrer Situation nicht sinnvoll ist."

„Aber ich habe doch nichts getan. Jedenfalls nichts, was mit den Brandstiftungen zu tun hat."

„Die Indizien sind erdrückend. Und Sie geben ja auch zu, dass Ihre Kleidung an den fraglichen Tagen verqualmt waren." Erika Friedberg hatte sich eingeschaltet.

„Ja, stimmt, weil ich mit Pommes am Lagerfeuer gesessen habe."

„Warum mussten die Sachen denn unbedingt am selben Tag gewaschen werden?"

„Mussten sie ja gar nicht. Melanie hat mir die Klamotten förmlich vom Leib gerissen, weil sie ihre Wohnung verstänkern."

Werner Lorenzen räusperte sich: „Wenn man in normalem Abstand von einem Lagerfeuer sitzt, sind die Sachen doch nicht dermaßen verqualmt, dass sie gleich gewaschen werden müssen."

„Da sagen Sie etwas Wahres. Aber ich muss immer dicht an das Feuer heran. Ist so. Die züngelnden Flammen, das Prasseln der Äste, die knisternde Glut, alles das zieht mich an. Deshalb war ich auch überall, wo Feuer brannten. Einmal sind wir sogar nach Föhr gefahren, zum Biikebrennen. Eine fantastische Tradition. Die Feuer treiben den Winter aus. Tausende Zuschauer kommen angereist. Das sind doch nicht alle Brandstifter!"

„Nein, beileibe nicht. Schwierig wird es nur, wenn jemand den Drang hat, selbst etwas anzuzünden."

„Nee! Nee, nee und dreimal neee! Diese Sucht habe ich nicht auch noch! Da will Melanie mir was anhängen. Zugegeben: ich war ja auch nicht ganz fair ihr gegenüber."

„Zwei Frauen nebeneinander?" fragte Friedberg.

„Ja, und dann immer noch Geld von Melanie erbettelt. Fürs Zocken."

Bielfeld blätterte in der Akte, die vor ihm auf dem Tisch lag: „Aussage gegen Aussage. Die Indizien sprechen deutlich gegen Sie. Wenn das so bleibt, sehe ich schwarz für Sie. Aber hier lese ich, Sie haben etwas von einem Zeugen gesagt. Pommes soll der heißen. Ist ihnen inzwischen eingefallen, wo wir den finden können?"

„Nein. Der hatte keine Adresse, schlief bei Freunden oder draußen. War auch nicht immer in Bordesholm, nur manchmal. Aber ein feiner Kerl. War mal Maler."

„Wenn wir den nicht als Entlastungszeugen für Sie finden, dann wird der Staatsanwalt Anklage gegen Sie erheben. Mord. Das ist eine ganz andere Nummer als das, wofür Sie hier sind."

„Das ist mir klar. Aber was kann ich tun, hier drin? Ich habe allerdings einige Freigänger bereits gebeten, sich in Neumünster und Bordesholm nach Pommes umzuhören. Ohne Erfolg."

„Auch wir werden Nachforschungen anstellen. Es wäre ja schon etwas erreicht, wenn jemand die Existenz dieses Pommes überhaupt bestätigen könnte."

Das Verhör wurde abgebrochen. Auf dem Parkplatz vor der JVA waren sich die drei Ermittler einig: So klar, wie es zunächst schien, war die Sache nicht.

„Wenn es wieder brennt, ist Hans Handtuch aus dem Schneider. Eigentlich muss er nur warten", lächelte Bielfeld grimmig.

Erika Friedberg fuhr über die L 318 nach Bordesholm. Auf ihrem Schreibtisch in der Polizeistation fand sie eine Notiz:

„Heiner Grabke möchte Sie wegen der Brandstiftungen sprechen. Er kennt Hans Handtuch. Sein Spitzname ist ‚Pommes'."

22

„Mutti, bist Du bald fertig im Bad? Ich komme zu spät zur Schule!"

Völlig genervt klopfte Finn an die Badezimmertür.

„Moment, bin gleich so weit." Erika Friedberg schaute selbstkritisch in den Spiegel: ‚Gut für Erwin und für mich und unsere Liebe, dass Bauch, Beine, Po noch so straff aussehen. Da fallen die Stirnfalten nicht so ins Gewicht. Dabei lasse ich schon genug Geld beim Reformhaus Ilius, um Anti-Aging Creme zu kaufen.' Ein letzter Blick in den Badezimmerspiegel und Erika Friedberg machte mit gespieltem Schwung die Tür auf.

„So, Herr Sohn. In Deinem jugendlichen Alter brauchst Du zum Glück nicht so viel Zeit in der Maske. Wichtig sind allein Duschgel und genügend Deo gegen den jugendlichen Brunst-geruch."

„Mutti, Du bist peinlich!" Mit lautem Knall schloss Finn die Badezimmertür.

Erika Friedberg musste über ihren pubertierenden Sohn schmunzeln:

‚Gestern noch ein Kind, heute schon ein Mann. Zum Glück ist er wenigstens nicht eifersüchtig auf Erwin. Wenn der hier auch noch über Nacht bleibt, wird es zu mindestens am Wo-chenende problematisch bei der Badezimmerschlacht. Wo-bei Finn und Nasrin ja nur zusammen auf's Klo gehen.' In Ge-danken zog sich Erika ihre schicken Klamotten an. Zufrieden mit dem Gesamtergebnis schaute sie in den großen Spiegel am Schlafzimmerschrank. Als sie sich wenig später in der Kü-che ihren obligaten schwarzen starken Kaffee einschenkte, läutete schrill ihr Smartphone.

Auch wenn sie es schon tausendmal gehört hatte, Erika freute sich immer noch diebisch über den aus dem Internet runtergeladenen Klingelton: Die Sirene der Polizeiwagen aus New York.

‚Aber um diese Zeit? Wer ruft mich morgens um halb sieben an?‘

„Friedberg, wer spricht?"

„Hallo Frau Kommissarin! Hier spricht Leo Lustig. Ich habe den Brandstifter eben wieder gesehen. Sie müssen ganz schnell kommen!" Der Schüler konnte vor Aufregung kaum sprechen.

„Ruhig Blut Leo. Wo bist Du und wo ist der große Unbekannte?"

„Ich bin in der Mühlenstraße auf dem Weg zum Bahnhof. Und der große Unbekannte ist auf der anderen Seite der Bahngleise. Auf dem Gelände hinter Edeka."

„Und was macht er da?"

„Er hat in die Müllcontainer geschaut. Aber brennen tut noch nichts. Glaube ich jedenfalls."

„Gut, ich komme sofort. Wenn Du etwas Neues siehst, rufe mich an. Aber bringe Dich nicht in Gefahr, Leo!"

Erika Friedberg schlürfte in kleinen vorsichtigen Schlucken ihren heißen Kaffee und schrieb Finn einen Zettel: ‚Bin dienstlich zu Edeka gefahren. Tschüss, Mutti!‘

Nach wenigen Minuten erreichte sie den um diese Uhrzeit noch ziemlich leeren Edeka-Parkplatz. Ihren Lieblingskollegen Wilhelm Bielfeld hatte sie per Anruf von ihrem geplanten Einsatz informieren wollen, erreichte aber nur seinen Anrufbeantworter:

„Fahre wegen Brandstiftersuche zu Edeka in Bordesholm. Komme bitte schnell hinterher. Gruß Erika!"

Mit polizeilich geschultem Detektivblick scannte Erika Friedberg die nähere Umgebung rund um den Edeka-Komplex. Als sie auch hinter dem Gebäude keine verdächtige Person entdecken konnte, rief sie ihren neuen ‚Kollegen‘ Leo Lustig an: „Leo, wo ist unser Freund geblieben? Ich kann ihn nicht entdecken.“

„Ich glaube, er hat mich bemerkt und ist entlang der Bahngleise in Richtung Mühlenredder gelaufen. Aber er war schneller als ich und deshalb habe ich ihn aus den Augen verloren. Vielleicht ist er auf dem Gelände von Holz-Freese. Da gibt es ja genügend Sachen zum Anzünden.“

„Ok, ich fahre dahin. Und Du gehst erstmal zur Schule mein Freund. Wenn Du eine Entschuldigung wegen der Verspätung brauchst, sage mir bitte Bescheid. Und danke für Deine Hilfe, Leo!“

Mit quietschenden Reifen scheuchte die Polizistin ihren schwarzen Mini Cooper zum Mühlenredder. Trotz der Hektik schaffte sie es, Bielfelds Anrufbeantworter mit dem Ziel „Firma Holz-Freese in Bordesholm“ zu besprechen.

„Und beeil Dich bitte, Wilhelm. Vielleicht erwischen wir den Feuerteufel heute!“

Auf dem Firmengelände war noch kein Mitarbeiter zu sehen und so lief Erika Friedberg direkt auf das erstaunlicherweise unverschlossene Grundstück. Nach kurzem Blick entschied sie sich, den Verdächtigen auf dem unübersichtlichen Gelände des Holzlagers zu suchen.

‚Wenn sich der Täter bloß nicht hinter einem der vielen hohen Holzstapel versteckt hat, um mir aufzulauern. Doch blöd, dass ich meine Dienstwaffe in der morgendlichen Hektik zuhause vergessen habe‘, schoss es ihr durch den Kopf.

*

126

Wilhelm Bielfeld steuerte seinen Dienst-Passat in Richtung Nortorf. Dort wollte er sich mit einem Kollegen treffen, um Probleme mit dem neuen Digital-Funk zu besprechen. Als er gerade durch Borgdorf-Seedorf fuhr, bemerkte er die beiden Anrufe seiner Kollegin auf der Mailbox.

‚Na, hoffentlich bekommt Erika keine Probleme!'

So schnell es die 150 Diesel-PS ermöglichten, beschleunigte der Hauptkommissar seinen Boliden in Richtung L 49.

‚In zehn Minuten müsste ich in Bordesholm sein', kalkulierte Bielfeld. Da bemerkte er die Barken auf der Fahrbahn, die die baustellenbedingte Vollsperrung der Landstraße eindeutig anzeigten. Ein Vorbeifahren an der Abgrenzung war nicht möglich, da sie an beiden Straßenseiten direkt bis an die Schutzplanken reichte. Dass die Straße wegen einer Neu-asphaltierung für mehrere Wochen voll gesperrt sein sollte, hatte er in den Kieler Nachrichten gelesen. Aber natürlich nicht auf seine Arbeitswege bezogen. Eilig tippte er die Firma Holz-Freese in sein Internet und danach deren Anschrift ‚Kieler Straße 35' in sein Navigationsgerät. Das schickte ihn über die Kreisstraßen 72 und 71 in Richtung Bordesholm, aber nicht nur ihn. Gefühlt waren hunderte von Autos auf dieser Trödelstrecke durch Hohenhorst und Alt-Bordesholm unterwegs. Unzählige ortsunkundige und damit im Schnecken-tempo schleichende Pkw- und Lkw-Fahrer kämpften sich in Richtung Osten. Wegen der vielen Kurven war ein gefahrlo-ses Überholen nicht möglich. Bielfeld biss vor Wut und Ärger fast in sein Lenkrad, weil er sein mobiles Blaulicht im Büro vergessen hatte.

‚So brauche ich eine Ewigkeit bis zu Holz-Freese. Hoffentlich komme ich nicht zu spät!' Seine Stirn und seine Achselhöhlen waren schweißnass vom Stress.

*

‚Ich hoffe nur, dass ich hier nicht auf dem Holzweg bin‘. Obwohl sie sich bewusst war, in welcher Gefahr sie steckte, hatte Erika Friedberg ihren Humor noch nicht verloren. Aber angesichts der unzähligen unübersichtlichen und meterhohen Stapel von Bauholz, Carporthölzern, zusammengelegten Gartenhäusern und sonstigem Material fühlte sie sich schon einsam und verlassen.

‚Wann kommt Wilhelm denn endlich?‘ Aber sie riss sich zusammen und versuchte sich mit Logik und Ratio an vergleichbare Situationen während ihrer Grundausbildung in der Polizeischule Eutin zu erinnern.

‚Wohin würde sich ein potentieller Brandstifter in solch einem Holzlager begeben? Diese schweren massiven Hölzer kriegt er nicht so schnell angezündet. Aber in einem Holzgeschäft gibt es bestimmt auch Farben, Öle und Holzschutzprodukte und die brennen viel schneller und besser!‘

Die Polizeikommissarin beobachtete wieder profimäßig die Umgebung und stellte fest, dass in circa 50 Metern Entfernung die Holzstapel endeten. Tatsächlich wies ein Hinweisschild auf das dortige Farbenlager hin. Vorsichtig, sich immer wieder umdrehend ging sie in diese Richtung.

‚Da, da bewegt sich etwas‘, schoss es ihr durch den Kopf. Für Bruchteile einer Sekunde sah sie eine Gestalt hinter einem aufgebauten Mustergartenhaus verschwinden. Erika Friedberg blieb stehen, um alle Richtungen zu taxieren.

‚Wo bleibt Wilhelm denn nur? Ich habe ihn doch schon vor einer halben Stunde informiert.‘ Zur Kontrolle der Uhrzeit wollte sie auf ihre Armbanduhr schauen.

‚Scheiße, auch zuhause vergessen.‘ Erika kramte ihr Smartphone aus der Hosentasche. In dem Moment, als sie auf ihr Handy schaute, knallte eine schwere Holzbohle auf ihren Hinterkopf. Erika Friedberg verspürte einen dumpfen unerträglichen Schmerz. Ihre Beine sackten weg. Kurz bevor sie im Zeitlupentempo auf den Boden aufschlug, verlor sie ihr Bewusstsein.

„Blöde Tusse, das hast Du davon, mir nachzuspionieren." Die Worte des Mannes, der über ihr stand, konnte Erika nicht mehr verstehen.

*

„Guten Tag, wie kann ich Ihnen helfen?" Mit freundlichem Lächeln begrüßte eine hübsche junge Frau unseren gestressten und verschwitzten Hauptkommissar am Empfangstresen der Firma Holz Freese.

„Mein Name ist Wilhelm Bielfeld von der Kriminalpolizei in Kiel. Meine Kollegin Oberkommissarin Erika Friedberg hat mich vorhin angerufen. Sie wollte hier nach einem gesuchten Brandstifter Ausschau halten. Können Sie mir weiterhelfen? Haben Sie Frau Friedberg gesehen?"

„Leider nein, Herr Bielfeld. Hier ist außer einigen Kunden in der letzten Stunde keiner aufgetaucht. Aber ich rufe mal in unserem Lager an, ob die etwas gesehen haben."

Immer noch freundlich lächelnd griff die junge Frau zum Telefon.

„Hallo Herr Meyer. Hier ist Anni Schulz aus der Kieler Straße. Ist bei Euch eine Polizistin aufgetaucht. Sie sucht einen Brandstifter…Hmh…Nein? Ok, ich sage ihrem Kollegen von der Polizei Bescheid, der wird sich bei Ihnen melden. Dankeschön und schönen Tag noch."

Bielfeld war von der netten Art der Mitarbeiterin ganz begeistert.

„Liebe Frau Schulz, können Sie mir denn sagen, wie ich am Schnellsten zu Ihrem Lager komme? Ich hoffe, ohne den Verkehrsstau von vorhin."

„Sie brauchen nur an der Kreuzung links abbiegen, dann durch die Holstenstraße und die Bahnhofsstraße und dann die Brügger Chaussee bis zum Reesdorfer Weg fahren. Und dann links in die Straße Nienröden abbiegen. Dort sehen Sie schon unseren Firmenparkplatz. Vor Ort melden Sie sich bitte bei Herrn Meyer. Der sitzt direkt am Eingang zum Lager. Der hilft Ihnen bestimmt weiter." Während sie sprach hatte Frau Schulz mit einem roten Filzstift die Strecke auf einer Stadtplankopie markiert. Immer noch nett lächelnd überreichte sie Bielfeld die Kopie.

„Ich wünsche Ihnen und Ihrer Kollegin viel Glück bei der Suche nach dem Brandstifter!"

‚Na, jetzt weiß ich wenigstens, wo ich in Zukunft meine Bretter für den Gartenzaun kaufen werde'. Bielfeld musste trotz der angespannten Situation schmunzeln.

Mit heißen Reifen düste er in Richtung Holzlager. Auto abstellen und nach Herrn Meyer Ausschau halten war eins.

„Moin, mein Name ist Bielfeld. Kripo Kiel. Ihre nette Kollegin Schulz hatte mich angekündigt. Ich suche meine nette Kollegin Friedberg, die hier bei Ihnen auf dem Gelände den Bordesholmer Feuerteufel vermutet."

„Dann kommen Sie mal mit. Ich habe nichts gesehen oder gehört. Aber wenn jemand ungesehen aufs Lagergrundstück kommen will, dann wohl am Ende bei der Bahnlinie. Da ist der Zaun öfters mal beschädigt." Mit schlurfenden Lageristen-Schritten ging Meyer voraus, ohne sich von Bielfeld und seiner deutlich bemerkbaren Ungeduld aus der Ruhe bringen zu lassen. Der Gang durch die Massen von Holzartikeln schien endlos zu sein. Bielfeld merkte wieder, wie aktiv seine

Schweißdrüsen arbeiteten. Sein Hemd klebte am Körper und er fühlte sich hundeelend.

„Oh Gott, da liegt jemand!" Herr Meyer wurde richtig lebhaft und eilte ein paar Meter nach vorne. Bielfeld hinterher. Erika Friedberg lag bewusstlos auf dem Boden, den Kopf zur Seite gedreht. Daneben war eine riesengroße Blutlache zu sehen.

23

Langsam drehten die Rotoren des Helikopters wieder schneller. Das Heulen wurde immer lauter. Der restliche Dreck von der Straße, der bei der Landung nicht weggefegt worden war, flog Bielfeld jetzt um die Ohren. Bielfeld klappte seinen Mantelkragen hoch und drehte sich ab. Er hatte sich schon vorher aus der Reichweite der Rotoren begeben, trotzdem befürchtete er, dass der Heli beim Starten kippen und ihn erwischen könnte. Der Pilot hatte den Hubschrauber im Stand weiterlaufen lassen und startete jetzt durch. Es sah unwirklich aus. Der Hubschrauber passte nicht in das Bild hier auf der Straße vor Holzhandel Freese. Kaum hatte er abgehoben, vollzog er eine Kurve und nahm in Richtung Kiel Fahrt auf. Es wurde langsam wieder ruhig, fast erzeugte die Stille ein Vakuum.

Bielfeld war noch in Gedanken, als die beiden Polizisten, die die Straße abgesperrt hatten, sich bei ihm abmeldeten.

Bielfeld sortierte seine Gedanken neu. Er musste Finn benachrichtigen. Ihm graute davor. Ist der zu Hause? Bielfeld wählte die Nummer und erschrak fast, als sich Finn mit: „Ja, hallo, hier ist Finn Friedberg, kann ich helfen?" meldete.

Bielfeld musste sich räuspern: „Hallo Finn, hier ist Bielfeld, ich habe schlechte Nachrichten. Kann ich mal vorbeikommen?" Es entstand eine Pause, und als Finn darüber nachgedacht hatte, dass es wohl keinen Sinn hätte nachzufragen, was wohl die schlechte Nachricht sei, antwortete er:

„Ja, natürlich, ich warte."

Bielfeld fühlte sich elend. Wie sollte er Finn das erklären? Warum hatte er nur gesagt, dass er schlechte Nachrichten hatte? Jetzt sitzt Finn zu Hause und zermürbt sich den Kopf.

Kurze Zeit später stand Bielfeld vor Friedbergs Haustür.

„Hallo Finn, darf ich reinkommen?", fragte Bielfeld unnötiger Weise.

„Ja klar, kommen Sie rein." Finn trat zur Seite, um Bielfeld einzulassen. Finn sah schlecht aus. „Ich habe Nasrin angerufen und ihr mitgeteilt, dass wir uns später treffen. Wir hatten uns verabredet."

„Ja, das ist gut", antwortete Bielfeld, der immer noch wie abwesend über die Möglichkeiten nachdachte, Finn diese Nachricht zu überbringen.

„Deine Mutter...", fing er an und unterbrach sich selbst, als er in Finns Gesicht sah. Bielfeld musste sich räuspern und begann nochmal.

„Deiner Mutter geht es nicht gut, sie ist zusammengeschlagen worden." Bielfeld sah in das blasse Gesicht des Jungen und fuhr fort: „Ich weiß im Augenblick auch nicht, wie es ihr geht. Ich möchte, dass Du Deine Jacke anziehst und mit mir zusammen zum Universitätsklinikum in Kiel fährst. Deine Mutter ist mit dem Hubschrauber dorthin geflogen worden."

Finn nickte nur und ging in den Flur zurück, um seine Jacke vom Haken zu nehmen. Bielfeld trabte unbeholfen hinter ihm her. Er kam sich blöd vor, er war solchen Situationen nicht gewachsen.

Wortlos fuhren sie los, bis Bielfeld die Stille unterbrach.

„Ich konnte ihr nicht helfen, ich bin aufgehalten worden. Ich bin zu spät gekommen." ‚Scheiße' dachte Bielfeld, ‚jetzt entschuldige ich mich noch bei Finn. Ich rede mich noch um Kopf und Kragen.' Doch Finn sah Bielfeld nur kurz an und schaute wieder auf seine Hände, die auf seinem Schoß lagen. Bielfeld fühlte sich unwohl. Die Fahrt schien ihm Stunden zu dauern. Bei Blumenthal fuhr er auf die 215 und gab Vollgas. Das tat ihm gut, weil er abgelenkt wurde und er sich auf die Fahrt konzentrieren musste. Kurz vor Kiel trafen sie auf ein

Stauende. Bielfeld überlegte kurz, fuhr die Scheibe runter, wollte nach seinem Blaulicht greifen, wobei ihm einfiel, dass er es vergessen hatte. ‚Dann eben nicht', er machte sein Warnblinklicht an und betätigte die Sirene. ‚Na geht doch', knurrte er, während er durch die für ihn freigemachte Gasse fuhr und die Scheibe wieder hochfuhr.

Als sie bei dem Universitätsklinikum in Kiel ankamen, schaltete er beides aus: „Wo geht es zur Neurochirurgie? rief er dem Pförtner zu. Der zeigte nur stumm mit seinem Zeigefinger die Richtung an. „Man merkt, dass hier die größte neurochirurgische Klinik von ganz Norddeutschland ist." Das Gelände war riesig. Bielfeld fuhr in die vom Pförtner vorgegebene Richtung, bis sie zu einem großen Schild kamen, auf dem stand, dass hier das gesamte Behandlungsspektrum der operativ behandelbaren Erkrankungen des Nervensystems – von Wirbelsäulenerkrankungen bis zu Behandlung von Tumoren - ist.

„Hier sind wir richtig." Bielfeld parkte kurzerhand auf dem Gehweg. Er machte sich nicht die Mühe, einen Parkplatz zu finden. „Komm!" sagte Bielfeld, indem er Finn anstieß, „lass uns reingehen." Bielfeld nahm jetzt keine Rücksicht auf Finn, er war selbst gespannt, wie der Zustand seiner Kollegin war. Bei der Rezeption bekam er die Auskunft, wo Friedberg lag. Zwei Stufen auf einmal nehmend stürmte Bielfeld die Treppe hoch. Finn kam kaum nach. Er merkte, dass Bielfeld nicht das erste Mal in einem Krankenhaus war. Der Polizist ging zielstrebig zum Schwesternzimmer und kam kurz darauf mit einer Ärztin wieder heraus. Die Ärztin bemerkte Finn.

„Das ist der Sohn von Frau Friedberg", informierte Bielfeld sie. Mit einem bedauernden Blick drehte die Ärztin sich um und bat die beiden, ihr zum Arztzimmer zu folgen.

„Wir haben eine Computer Tomographie durchgeführt und dabei festgestellt, dass die Patientin einen Schädelbasisbruch hat. Bei der Magnet Resonanz Tomographie haben wir außerdem eine Blutung im Kopf festgestellt, weswegen wir im Augenblick eine Notoperation durchführen. Außerdem hat die Patientin Verletzungen an der Wirbelsäule, die aber nicht so gravierend sind. Die muss sie sich beim Sturz geholt haben. Darum kümmern wir uns später. Leider können wir im Augenblick überhaupt nicht sagen, was nach der OP sein wird. Wenn Frau Friedberg die OP überlebt, können noch immer Folgeschäden auftreten. Aber ich würde sagen, wir warten erst einmal die OP ab und sehen dann weiter."

Bielfeld war geschockt. Er biss sich auf die Lippe und sah Finn an. Der hatte bisher kein Wort herausgebracht.

„Kann ich sie sehen?" bat Finn die Ärztin.

„Nein", antwortete die, „da sie gerade operiert wird, hat es keinen Sinn. Kommen Sie in zwei, drei Tagen, wieder, dann können Sie Ihre Mutter besuchen. Rufen Sie mich in ein zwei Stunden an, dann sage ich Ihnen, wie die OP verlaufen ist."

Finn war fix und fertig. Mit so etwas hat er nie gerechnet. Was sollte er jetzt machen? Mit seiner Mutter lief alles so gut, da hatte er sich nie Gedanken gemacht, was er tun soll, wenn so etwas passiert. Einfache Sachen wie Essenmachen, Geschirrspülen, Einkaufen oder sogar die Waschmaschine bedienen waren Dinge, über die er sich nie den Kopf zerbrach. Wenn er nach Hause kam, war alles fertig. Ihm fiel der Spruch ein: ‚Eine Mutter kann zehn Kinder ernähren, aber zehn Kinder nicht die Mutter'.

Was würde ihm seine Mutter jetzt raten?

‚Lieber Finn' würde sie sagen, und ihn in die Arme nehmen, ‚das schaffst Du schon'. Wie sollte er das alles bewerkstelligen, wenn Rechnungen, wie für Strom, Wasser oder Telefon zu bezahlen waren? Finn spürte, wie die Kälte in ihm hochkroch. Ihm fehlte die Wärme seiner Mutter. Er sah sie in Gedanken, wie sie ihn tröstend anlächelte. Finn weinte.

Bielfeld war betroffen. Er nahm Finn am Arm und ging mit
ihm zurück zum Auto.

„Kann ich was für Dich tun?" fragte Bielfeld im Auto. „Nein",
erwiderte Finn nur. Er schämte sich. „Ist schon in Ordnung",
sagte Bielfeld, „mir ist auch zum Heulen." „Ich will nach Hause", schluchzte Finn und wischte sich mit seinem Ärmel die
Tränen aus den Augen.

Es war schon dunkel, als Finn zu Hause aus dem Auto stieg
und sich artig von Bielfeld verabschiedete. Bielfeld sagte
nichts, als er eine dunkle Gestalt im Schatten des Hauses erblickte.

Nasrin wartete auf Finn.

24

Im Rentnertreff bei Bäcker Andresen und im Jugendtreff, in den Büros des Rathauses und während der Pausen auf Baustellen, an der Tankstelle und in der Warteschlange im Supermarkt – überall, wo Menschen zusammenkamen, gab es in diesen Tagen nur ein Thema: Den Feuerteufel. Sogar eine Gruppe von Hobbyautoren, die jedes Jahr einen Regionalkrimi vorlegen, wollte auf der Welle mitreiten. Als Special Guest Schreiber verpflichteten sie eigens einen pensionierten Feuerwehrführer. „Der Feuerteufel von Bordesholm" war der Arbeitstitel für das Werk. Auch die örtliche Presse kannte kaum mehr ein anderes Thema. Aber alles, was geschrieben wurde, blieb im Ungefähren, denn aus der ‚SOKO Feuerteufel' drangen keine noch so kleinen Hinweise an die Öffentlichkeit. So beherrschten Mutmaßungen und Spekulationen die Schlagzeilen, die zwischen *„Ermittlungsbehörden tappen im Dunkel"* bis *„SOKO verfolgt heiße Spur"* beliebig hin- und herwanderten. Den üblichen Leserbriefschreibern, die zur Höchstform aufliefen, gesellten sich neue, nie gelesene, hinzu. Jeder Leserbriefschreiber nutzte sein Recht auf Meinungsfreiheit bis an die Grenzen aus, denn das musste doch mal gesagt werden, und zwar so, dass es Wirkung zeigt. Nur der Verfasser des Leserbriefes weiß, wie es geht, alle anderen sind bestenfalls Dilettanten, die von Tuten und Blasen keine Ahnung haben. Weit übertroffen werden die Leserbriefe von Hassposts im Internet. Da führt die Anonymität zu ungezügelten Phantasien von Gewalt und Überlegenheit. So konnte, wer wollte, im Netz lesen, was Wilhelm Bielfeld als Ausdruck in seinem Posteingangsfach fand:
Bulle Bielfeld! Wir wissen, wo du wohnst! Wenn der Feuerteufel nicht in drei Tagen im Knast sitzt, brennt deine Hütte!

Der Hauptkommissar rieb sich die Augen. Dann schrieb er auf das Blatt:

„Bitte Anzeige fertigen und den Fall verfolgen." Er nahm, während er vor sich hin grummelte, das nächste Blatt aus dem Fach.

Leserbrief.

Leserbriefe geben nicht die Meinung der Redaktion wieder.

Las er. Und die Leserbriefschreiberin war ihm als aufmerksamem Leser der ‚BORDESHOLMER RUNDSCHAU' durchaus bekannt, obwohl er ihre kunstvoll gedrechselten Leserbriefe nicht immer ganz verstand.

Giesela Schmidt-Baalbek:

Systemversagen oder wer schützt hier wen?

Alle Systeme versagen. Riesige Datenbanken werden angelegt, Rasterfahndungen ausgelöst, Abhörmöglichkeiten perfektioniert. Polizei und Verfassungsschutz sind optimal gerüstet. Der Bürger ist nur noch durchsichtiges Objekt. Aber was geschieht, wenn wirklich etwas geschieht? Wenn ein kranker Verbrecher eine ganze Region in Atem hält? Wenn Menschen vor Ort Eigentum und Leben gefährdet sehen. Was geschieht dann? Nichts geschieht. Routinemäßig, als seien sie einem Verkehrssünder auf der Spur, arbeiten die Polizeibehörden den Fall ab. Ruhe bewahren, nur keine Panik. Wir sind aber nicht ruhig, haben Panik. Wie auch anders? Erst brennt unser Wald, dann sterben Menschen. Und wir erfahren nichts, rein gar nichts. Man komme uns nicht mit Fahndungstaktik. Wir sind mündige Bürger, wir wollen Klarheit. Die Ermittler sollen Rede und Antwort stehen. Öffentlich. In einer Einwohnerversammlung. Und wenn der Feuerteufel diese Zeilen lesen sollte: Ein Feuer löst keine Probleme – außer, dass es die Kälte aus der Wohnung vertreibt. Stellen Sie sich. Es ist bei uns nie zu spät für einen Neuanfang!

Bielfeld runzelte die Stirn. War das mit der Einwohnerversammlung so eine schlechte Idee? Aber dann hätten sie das Problem: Was sollte man öffentlich machen, was konnte für den Feuerteufel ein Hinweis auf Ermittlungsansätze sein?

Der nächste Eingang beinhaltete die Einladung in die Fernsehsendung ‚Schleswig-Holstein-Magazin'. Bielfeld griff zum Telefon und wählte die Nummer seines Vorgesetzten.

25

In Finns Kopf blitzten die Gedanken wie ein Sommergewitter hin und her, so dass er auf seinem Rennrad fast die alte dicke Frau mit dem alten dicken Dackel übersah, die mit mühsamen Trippelschritten den Radweg queren wollten.

„Pass doch auf, Du Lümmel! Fast hättest Du uns über den Haufen gefahren!" krächzte sie ihm mit dünner Stimme hinterher.

‚Wie geht es Mutti bloß? Hoffentlich wacht sie bald aus dem Koma auf! Was ist, wenn sie bleibende Schäden behält? Scheiße alles, verdammt nochmal! Und was soll ich gleich beim Übungsabend den Wehrkameraden erzählen?'

Zwar völlig gestresst, aber zum Glück pünktlich und ohne weitere Omas erschreckt zu haben, kam Finn bei der Freiwilligen Feuerwehr in Wattenbek an.

„Hallo Finn. Schön, dass Du da bist!" Mit freundlichen Worten begrüßte ihn Wehrführer Frank Gebhardt.

„Hallo Frank, ich freue mich auf den heutigen Übungsabend." Finns Nerven taten die Ablenkung gut und er beruhigte sich. Er freute sich, die vielen netten Feuerwehrkameraden zu sehen, die sich mit fröhlichem Gequatsche ihre Dienstkleidung anzogen. Die militärisch anmutende Ansprache des Gruppenführers an die angetretene Mannschaft „Still gestanden! Augen geradeaus zur Meldung an den Wehrführer!" empfand Finn als befremdlich.

‚Aber daran werde ich mich noch gewöhnen.' Er trug mit Stolz seine neue Dienstbekleidung. Zum Glück hatte der Vorbesitzer eine ähnliche Körpergröße und Statur gehabt. Bei einigen Kameraden bemerkte Finn mit großem Erstaunen ein auffälliges Missverhältnis von Bauchumfang und Konfektionsgröße.

‚Ich dachte, Feuerwehrleute müssen sportlich und fit sein. Einige sind wohl für das Gewichtheben zuständig' schoss es Finn durch den Kopf. Beim Übungsabend, der auf den bevorstehenden Amtsfeuerwehrtag und entsprechende Gruppenübungen ausgerichtet war, blieb Finn zwangsläufig nur ein aufmerksamer Zuschauer. Aber beim Aufrollen der vielen benutzten Schläuche durfte er mit anpacken. Und danach gab es leckere Bratwurst vom Grill, gut schmeckenden Kartoffelsalat von Bracker und angenehm kühles Bier aus dem Kühlschrank.

‚War doch eine gute Idee von Mutti, dass ich zur Feuerwehr gehen soll', überlegte Finn. ‚Wie es ihr wohl geht?'

Frank Gebhardts Ansprache an die Kameraden riss ihn aus seiner Tagträumerei:

„Liebe Kameraden, ich muss Euch leider mitteilen, dass es der Polizei immer noch nicht gelungen ist, den Feuerteufel zu fassen. Und viel schlimmer ist, dass Finns Mutter, die ja bekanntlich bei der Kripo arbeitet, bei der Verfolgung des mutmaßlichen Täters schwer verletzt worden ist und jetzt in der Neurochirurgie in Kiel liegt. Finn, kannst Du uns sagen, wie es ihr aktuell geht?"

Finn schossen die Tränen in die Augen: „Mutti hat schwere Verletzungen an der Halswirbelsäule und liegt seit Tagen im Koma. Ich besuche sie täglich und will auch morgen wieder in die Klinik fahren…" Finn verschlug es die Stimme und er musste sich beherrschen, nicht laut loszuheulen.

„Finn, wir wünschen Dir und Deiner Mutter alles Gute und denken ganz doll an Euch." Frank Gebhardt versuchte sich erfolgreich als Tröster. „Wenn Du wegen des Gesundheitszustandes Deiner Mutter den einen oder anderen unserer Übungsabende absagen musst, werden wir bei der nächsten Jahreshauptversammlung trotzdem positiv über Deine Aufnahme als Feuerwehrmann entscheiden! Du hast ja im Gegensatz zu anderen früheren Bewerbern wirklich einen vernünftigen Grund für eventuelle Auszeiten!"

Bei Finn machte es Klick im Kopf: „Gab es denn mal Bewerber, die von Euch abgelehnt worden sind? Und wie haben die reagiert?"

„Warum fragst Du?" wollte einer der Kameraden wissen.

„Naja, ich meine, dass einer der von Euch abgelehnten Kameraden vielleicht als Feuerteufel die Wehr provozieren oder ärgern will. Oder sich an Euch rächen. War nur so eine Idee von mir."

Frank Gebhardt grübelte: „Das geht in die Richtung der Polizei. Der Psychomensch hatte ja bei der Versammlung im Rathaus ähnliche Ideen geäußert. Aber kein Wunder bei dem Sohn einer Polizistin!" Frank wandte sich an den Schriftführer Friebe: „Peter, Du hast doch seit vielen Jahren die Protokolle über unsere Jahreshauptversammlungen immer sehr genau und akkurat geführt. Kannst Du mal nachsehen, ob und wer in den letzten Jahren von uns als Feuerwehrmann abgelehnt worden ist?"

Peter Friebe strahlte übers ganze Gesicht: „Mach ich, Chef! Und die anderen Wehren werde ich entsprechend informieren."

26

„Pause! Wenn Sie rauchen möchten, draußen steht ein Ascher. In zehn Minuten geht es weiter", sagte Hauptkommissar Bielfeld.

„Nein, nein, das Rauchen habe ich lange hinter mir. Aber etwas frische Luft tut auch ohne Qualm gut." Peter Neumeier erhob sich langsam. Die drei Männer verließen den Verhörraum. Wilhelm Bielfeld und Werner Lorenzen gingen in ein Büro, Peter Neumeier strebte nach draußen.

„So kommen wir nicht weiter. Für den Aldi-Brand hat er ein wasserdichtes Alibi. In Hermannsburg war er. Nie gehört. Aber da hat er es sich in einem 4 Sterne Tagungshotel gut gehen lassen. Mitten in der Lüneburger Heide. Zu weit weg, um kurz nach Bordesholm zu fahren und ein Feuer zu legen. Das schafft er auch mit seinem neuen Beetle nicht." Bielfeld guckte grimmig.

„Ich meine, die beiden ersten Brände unterscheiden sich durchaus von dem dritten. Im Frisiersalon und im Autohaus wurde Feuer in Gebäuden gelegt. Bei Aldi brannten Abfallcontainer hinter dem Gebäude. Das kann auch jemand Anderes, vielleicht ein Trittbrettfahrer, gewesen sein", sagte der Brandsachverständige. Bielfeld schlug sich mit der flachen Hand vor die Stirn:

„Klar! Nicht alles, was in Bordesholm brannte und brennen wird, muss zwangsläufig von einer Person angezündet sein. Wir müssen uns mit Nachdruck um die Alibis für die ersten beiden Brände kümmern. Holen wir den Knaben rein!"

Dem erfahrenen Verkäufer Peter Neumeier fiel sofort die veränderte Körpersprache Bielfelds auf. Selbstbewusst blitzte der Kripobeamte ihn an.

„Dass Sie für die Tatzeit des Brandes bei Aldi ein Alibi haben, nützt ihnen nur für diese eine Tat. Sie brauchen für jeden Brand eine Entlastung, so wie Sie belastet sind. Reden Sie, oder ich setze Sie fest. Wegen Verdunkelungsgefahr."

Peter Neumeier wurde von der veränderten Situation kalt erwischt. Er hatte doch ein Alibi für eine Tatzeit, und bislang hatte man nach einem Täter gesucht. Was nun tun? Ein Anwalt? Tief einatmend fasste Neumeier einen Entschluss:

„Kann ich mich auf Ihre Diskretion verlassen?" Dem Versicherungsangestellten traten Schweißperlen auf die Stirn. „Von Mann zu Mann?"

Bielfeld und Lorenzen blickten sich fragend an. Peter Neumeier gab sich einen Ruck:

„Also gut! Sie haben vielleicht im Internet auch schon einmal solche Anzeigen gesehen. Frau, ganz in Ihrer Nähe, erwartet Sie, heißt es da, oder ähnlich. Das habe ich immer für Unsinn gehalten. Aber an einem Abend, nach ein paar Glas Wein und während eines stinklangweiligen Fernsehprogramms, habe ich drauf geklickt und unsere Postleitzahl angegeben."

„Und dann?" Bielfeld drängte, wollte den Redefluss des Mannes nutzen.

„Sofort bekam ich eine Mail. Ich könne gleich jemanden in Bordesholm treffen. Mit dem Bild einer verführerischen Frau. Ich schwankte. Schließlich hatte ich getrunken. Aber ich fuhr trotzdem. Und ich habe es nicht bereut. Obwohl die Frau, die ich traf, nicht die auf dem Bild war." Peter Neumeier lächelte.

„Und bei dieser Frau waren Sie? Genau zur Zeit der beiden Brände? Das sollen wir Ihnen glauben?"

„Ich wusste, dass ich Ihnen Namen und Adresse der Frau preisgeben muss. Das wollte ich nicht. Sandra ist unbescholten…"

*

Bielfeld und Lorenzen fuhren eilig los. Sie trafen Sandra beim Hausputz an. Nichts verriet in der geräumigen Altbauwohnung etwas von ihrem heimlichen Nebenerwerb. Als Bielfeld ihr ein Foto Neumeiers vorlegte, reagierte sie cool:

„Ja, den Herrn kenne ich. Das ist Peterle. Seinen vollen Namen weiß ich nicht. Er kommt häufig zu mir."

Bielfeld holte seinen Notizblock aus der Tasche und notierte darauf die Tatzeiten.

„Auch zu diesen Zeiten?"

Sandra holte einen bunten Notizkalender. Während sie blätterte, fragte sie:

„Was hat mein Peterle denn angestellt?"

„Wenn er hier bei Ihnen war, gar nichts", antwortete Bielfeld.

Die Amateur-Liebesdienerin klappte ihr Notizbuch zu.

„Treffer. Zu beiden Terminen war er hier", sagte sie. „Sie müssen Ihren Täter anderswo suchen, Peterle war es wohl nicht."

Werner Lorenzen schaltete sich ein: „Wie lange war er jeweils hier?" Und Bielfeld ansehend fügte er hinzu: „Solche Bedürfnisse vor oder nach einer Tat sind nicht ungewöhnlich."

„Er bucht immer für zwei Stunden. Bleibt aber eher länger", gab Sandra Auskunft.

„Weshalb so lange? Ist er so schwach?" wollte Bielfeld wissen.

Die Frau lächelte: „Nein, so stark…!"

27

Schweigend waren Finn und Nasrin vom Bordesholmer Bahnhof mit der Bahn zum Hauptbahnhof Kiel gefahren. Finn saß zusammengekauert neben Nasrin und starrte auf den Boden. Nasrin hatte sich bei Finn eingehakt und suchte nach Worten, um Finn aufzumuntern. Vom Bahnhof aus gingen sie die Treppen runter zu den Bushaltestellen.

„Hast Du eine Ahnung, in welchen Bus wir einsteigen müssen?", versuchte Nasrin, Finn aus der Reserve zu locken.

„Mit dem 32-, 33- oder dem 62iger Bus bis zur Haltestelle Universitätskliniken."

„Bist Du schon mal mit dem Bus hierhergefahren, oder woher weißt Du das?" versuchte Nasrin das zähe Gespräch aufrecht zu erhalten. Finn sah Nasrin an. „Ich finde es toll, dass Du mitgekommen bist", sagte Finn ernst. Es war für Beide eine ungewöhnliche Situation. Die erste schwere Prüfung. Wie würden sie es meistern? Sie waren noch so unerfahren. „Das ist das Mindeste, was ich für Dich tun kann", erwiderte Nasrin. Sie waren inzwischen in den Bus gestiegen und fuhren in Richtung Universitätskliniken. Nasrin war wie selbstverständlich mehr bei Finn, als bei sich zu Hause. Sie half ihm wo es nur möglich war. Ihre Eltern und ihr Bruder hatten Finn als möglichen Schwiegersohn akzeptiert und halfen ihrerseits den Beiden, und so brachte Nasrin öfters türkische Spezialitäten mit, die sie gemeinsam bei Finn in der Küche am Tisch vor dem Fenster verzehrten.

Sie waren bei der Haltestelle ‚Universitätskliniken' angekommen. Von hier aus war es nicht mehr weit bis zur Neurochirurgie. Nasrin kam es vor, als ob Finn immer langsamer ging, je näher sie dem Gebäude kamen. Schwerfällig ging Finn die Stufen im Treppenhaus hoch. Gezielt wandte er sich zum Schwesternzimmer. Es war gerade Stationsübergabe und durch die doppelte Anzahl des Personals der Raum zum Bersten voll. Die leitende Stationsschwester und die Ärztin besprachen, wie die einzelnen Patienten zu behandeln sind, worauf zu achten ist und welche Medikamente zu verabreichen sind. Als die Ärztin aufblickte, erkannte sie Finn. „Bitte warten Sie draußen, wir sind hier gleich fertig, dann komme ich zu Ihnen." Unsicher trat Finn zurück in den Flur zu Nasrin. „Die Ärztin kommt gleich, dann erfahren wir mehr." Nasrin nickte nur, und hakte sich bei Finn ein. Auch sie fühlte sich hier nicht wohl und suchte die Nähe von Finn. Sie mochte den Geruch nicht. Es roch steril und nach Medikamenten. Finn wusste nicht, wohin er gehen sollte, und so stellte er sich mit dem Rücken an die Wand und blickte in den Flur. Wo mag seine Mutter liegen? Alle Zimmer sahen gleich aus. Irgendwo schnarrte es, und eine kleine Lampe leuchtete über einer Tür auf. Kurz darauf kam eine Schwester aus dem Schwesternzimmer und wandte sich zu dem Patientenzimmer. Dort blieb sie stehen, um den Alarm mit einem Knopfdruck zu quittieren und sich die Hände mit Sterilium einzureiben. In diesem Augenblick wurde es lauter in dem Schwesternzimmer. Die Besprechung war beendet und die Ärztin kam heraus.

„Bitte kommen Sie mit, Ihre Mutter liegt im Zimmer 32." Finn und Nasrin folgten der Ärztin, die an dem Zimmer mit dem Alarm vorbeiging. Finn erhaschte noch ein Blick durch die halboffene Tür und sah, wie die Schwester einer Patientin aus dem Bett half.

„Ihre Mutter ist wieder ansprechbar. Leider hat Sie keine Reaktion in den Beinen. Sobald sich ihre Situation stabilisiert hat, werden wir eine weitere Operation an der Wirbelsäule durchführen. Wir haben festgestellt, dass bei Ihrer Mutter ein Wirbel gebrochen ist." Finn musste erst einmal die Neuigkeiten verarbeiten. Ansprechbar? Keine Gefühle in den Beinen? Weitere Operationen? „Bleibt sie gelähmt?" wandte sich Finn an die Ärztin. „Das können wir zum jetzigen Zeitpunkt noch nicht sagen, wir müssen die OP abwarten, dann wissen wir mehr", erwiderte sie. „Durch den Schlag auf den Kopf ist sie gestürzt und hat sich nicht nur einen Wirbel gebrochen, es ist auch ein Gefäß geplatzt und es hat sich ein Blutgerinnsel gebildet, welches wir auch noch entfernen müssen." Sie waren am Zimmer angekommen und eingetreten. „Ich lasse Sie jetzt alleine, wenn Sie Fragen haben, finden Sie mich im Arztzimmer." Finn und Nasrin standen vor dem Bett der Kommissarin, seiner Mutter. Über dem Bett waren an einer Schiene Monitore und andere Geräte angebracht, die Kurven und Zahlen, mit denen Finn nichts anfangen konnte, anzeigten.

Finn erkannte seine Mutter kaum wieder. Ihr Kopf war mit einer Bandage umwickelt. Ihr Körper war fixiert, damit sie ihre Wirbelsäule nicht unnötig beanspruchte. Kleine Schläuche und Kabel waren an ihrem Arm mit zahlreichen Pflastern befestigt.

„Hallo Ihr Beiden, finde ich ganz lieb von Euch, dass Ihr mich besucht." Müde lächelnd sah Erika Friedberg die Beiden an. „Es ist so langweilig hier." Zögerlich trat Finn neben das Bett. „Hallo Mom, darf ich Dir einen Kuss geben?" „Ja, natürlich. Komm her, ich kann Dir nicht großartig entgegenkommen." Unbeholfen umarmte Finn seine Mutter, wobei ihm seine Blumen, die er mitgebracht hatte, im Wege waren. Erika Friedberg konnte nicht verhindern, dass ihr ein paar Tränen aus den Augenwinkel traten. Aus verschwommenen Augen sah Friedberg Nasrin an. „Hallo Nasrin, kommt Ihr denn ohne mich klar?" Auch Nasrin trat an das Bett und gab Finns Mutter einen Kuss auf die Wange. „Es ist noch so ungewohnt, aber mit der Zeit wird alles ein wenig besser."

„Gibt es hier irgendwo Vasen?" unterbrach Finn die Beiden.

„Nebenan ist ein Zimmer ohne Tür, dort stehen medizinische Geräte und auch Vasen drin."

„Ich gehe und hole eine", sagte Nasrin und wandte sich zur Tür.

„Habt Ihr denn genug zu essen?" wandte sich Erika an ihren Jungen.

„Ja Mom, wir haben uns einmal Pizza aus der Tiefkühltruhe genommen, und ein anderes Mal ein Beutel Gemüse. Das hat Nasrin für uns zubereitet. Außerdem bringt Nasrin auch öfters türkische Spezialitäten von ihrer Mutter mit. In der Tiefkühltruhe ist bald nichts mehr drin."

„Ach ja, nicht das ich das vergesse, Geld ist in der Keksdose im Küchenschrank."

„Ja Mom, das weiß ich, ich hab mir schon was geliehen."

„Geliehen?"

„Ja, ich hab einen Zettel in die Dose gelegt, auf dem steht, wieviel Geld ich genommen habe."

„Ach Finn, das brauchst Du nicht. Hauptsache Ihr verhungert nicht."

Nasrin war hereingekommen und drapierte die Blumen in der Vase. Erika Friedberg freute sich, dass sie eine Sorge weniger hatte.

Finn war in guten Händen.

28

„Peter, wir wollten doch einen Spaziergang machen! Die Sonne scheint so schön!"

Karin Friebe stieß ihren Ehemann energisch in die Seite.

Abwesend schaute Peter von seinem Laptop hoch: „Nachher. Ich muss noch etwas Dringendes ausarbeiten."

„Willst Du Dir etwa schon wieder ein Motorrad kaufen? Oder was suchst Du im Internet?"

„Quatsch Internet. Es sind ganz wichtige Feuerwehrangelegenheiten!"

„Das kannst Du doch später machen. Nun lass' uns endlich in die Feldmark gehen und die freie Natur genießen, bevor dort die Bauarbeiten für die blöden Windkraftanlagen beginnen."

„Karin, die Sache ist wirklich wichtig! Und ich habe Frank versprochen, es sofort zu erledigen." Peter war sichtlich genervt.

„Löscht Ihr jetzt Eure Brände per Mausklick am Computer? Oder was ist da so brandeilig?" Karins Laune entsprach auch nicht mehr dem Sonnenschein, der lockend durch die Fenster schien.

„Also gut, aber bitte im Vertrauen. Und nicht Henning erzählen. Der verarbeitet die Informationen doch nur für seinen nächsten Bordesholm-Krimi."

„Mein Gott, Peter. Nun mache es doch nicht so spannend!"

Es gab Situationen, in denen Karin Friebe ihren Peter nicht so wirklich verstehen konnte. Oder wollte.

„Ich wurde vom Wehrführer offiziell beauftragt, in meinen Protokollen von den Jahreshauptversammlungen nachzuschauen, ob es einen Verdächtigen für die Brandstiftungen gibt."

„Häh? Was soll das denn?" Karin dachte: ‚Eigentlich wollte ich doch nur einen kleinen, netten Spaziergang machen.'

„Es gibt den Verdacht, dass ein Kamerad, der von seiner Wehr nicht als Feuerwehrmann übernommen worden ist, aus Rache die Feuer gelegt hat. Und die anderen Wehren haben in dieser Sache leider Fehlanzeige gemeldet. Bleiben wir Wattenbeker als einzige Wehr übrig. Du siehst ein, dass ich da schnell eine Rückmeldung an Frank Gebhardt gebe. Also lass' mich jetzt bitte in Ruhe!"

Peters Wortwahl und Körperhaltung zeigten Karin deutlich, dass sie den geplanten Spaziergang durch die Groß Buchwalder Feldmark alleine machen müsste. Mit entschlossenem Gesichtsausdruck holte sie sich ihre Walking-Stöcke aus der Garage und marschierte mit strammen Schritten los. Trotz des herrlichen Sonnenscheines konnte Karin ihren Marsch durch die freie Natur nicht so richtig genießen. Erst als sie die Dreikilometer-Extra-Runde zum Bauernhof Kluven einschlug, hellte sich ihre Laune auf. Sie genoss die herrliche Endmoränenlandschaft an der Drögen Eider und kam nach fast einer Stunde gutgelaunt zu Hause an.

„Na Kommissar Peter? Bist Du fündig geworden und rettest jetzt das Amt Bordesholm vor dem bösen Brandstifter?"

„Ja Karin! Es war wirklich gut, dass ich immer so detaillierte Berichte von unseren Jahreshauptversammlungen geschrieben und sie alle in meinem Laptop gespeichert habe. Tatsächlich gibt es drei Kandidaten, die wir in den letzten Jahren nicht übernommen haben!"

„Na, erzähle mal in Ruhe." Ein wenig stolz auf ihren Peter war Karin ja doch. Wenigstens manchmal. Sie setzte sich zu ihrem Ehemann und hörte geduldig zu.

„Bei der vorletzten Jahreshauptversammlung haben wir Marco Klein nicht übernommen. Und bei der letzten den Oskar Wasserstrahl und den Lutz Feuerstein."

„Kenne ich die drei?" Langsam fand Karin die Sache doch interessant.

„Bestimmt von unseren Feiern bei der Wehr. Da waren die immer dabei. Marco hat trotz seiner 33 Jahre immer noch BWL in Kiel studiert und ist deswegen nie zu den Lehrgängen der Wehr erschienen. Und Oskar war dieser unzuverlässige Handyverkäufer, der immer zu spät zu den Übungsabenden kam und mit seiner schrecklichen Hektik alle Kameraden ganz nervös gemacht hat. Der wohnt in Wattenbek und ruft immer noch bei einigen Kameraden an und will sich mit denen auf ein Bier treffen. Hat aber keiner Lust dazu. Und Lutz hat immer zu viel gesoffen. Das war der arbeitslose Chemiker aus Bordesholm. Ich glaube, der war schon fast fünfzig Jahre alt."

„An den kann ich mich noch erinnern. Der sah doch eigentlich ganz nett aus. Hatte aber immer so eine fürchterliche Fahne. Noch mehr als Du und die anderen Kameraden."

Peter überhörte die Spitze: „Marco war so ein dicker Rotblonder, Oskar so ein junger Unauffälliger."

„Was wollen wir denn heute Abend eigentlich essen? Ich habe noch die restlichen Nudeln von gestern im Kühlschrank. Dazu kann ich ja ein paar Koteletts braten."

Karin war wieder in ihrem Dasein als treusorgende Ehefrau angekommen.

Der eifrige Peter informierte, während Karin in der Küche wirbelte, seinen Wehrführer über die Erkenntnisse. Und der gab die Nachrichten am nächsten Tag an Kommissar Bielfeld weiter.

Die obligate Überprüfung der drei Namen in den Polizeidateien ergab keine Treffer.

29

„Wie die Männer hier auf dem berühmten Gemälde Remb-
randts werden wir uns Nacht für Nacht aufmachen, um das
Eigentum und Leben unserer Familien und unserer Mitbürger
zu schützen. Wie es unsere patriotische Pflicht ist." Der Red-
ner wies auf den großen, dunklen Druck in mächtigem Gold-
rahmen, der den Besprechungsraum beherrschte. Oft schon
hatte er geträumt, er wäre der Hauptmann in der Mitte des
Meisterwerkes, der dem Leutnant Befehle für die Nachtwa-
che gab. Vierunddreißig Personen hatte Rembrandt auf die
im Original drei mal vier Meter große Leinwand gebannt. Hell
im Feuerschein stehen nur der Hauptmann, sein Leutnant
und ein goldgelbes, schützenswertes Mädchen. Vierunddreißig Leute! Und was hatte er hier? Verächtlich blickte er auf
die zwölf Personen, die dem Aufruf seines Chefs gefolgt waren und eine freiwillige Bürgerwehr gründen wollten.
„Meine sehr verehrte Dame, meine Herren! Wir haben Sie
eingeladen, damit endlich etwas geschieht. Wenn die Polizei
und der schlafmützige Gewerbeverein nichts auf die Reihe
kriegen, ist Selbsthilfe Notwehr. Wir wollen eine Bürgerwehr
gründen. Nach dem Motto: Hilf Dir selbst, so hilft Dir Gott!"
Begeistert trommelten die Anwesenden, das der Einladung
gefolgt war, auf den Tischen. Schnell war besprochen: Man
wollte sich in zwei Gruppen teilen und abwechselnd jeden
Abend Streife laufen. Da nicht flächendeckend patrouilliert
werden könne, wurde ein Plan erstellt, nach dem alle Berei-
che im Turnus an die Reihe kämen. Dabei sollten die eigenen
Geschäfte, aber auch öffentliche Einrichtungen im Fokus stehen. Denn es hatten sich neben einigen Unternehmern auch
andere, sich dem Gemeinwohl verpflichtet fühlende Bürger

eingefunden. Besonders die einzige anwesende Frau tat sich hervor:

„Wohin sind wir gekommen? Der Staat will uns nicht schützen. Die Polizei guckt weg. Wir sind auf uns selbst gestellt. Ich bin bereit, jede Nacht mitzugehen. Meinen Hund Fleischer bringe ich mit. Der ist ausgebildeter Polizeihund."

„Polizeihund? Alt und ausgemustert, was?" lästerte einer der jüngeren Männer.

„Ausgemustert ja. Alt nein. Fleischer ist drei Jahre jung. Er hat sich einen Fangzahn abgebrochen. Deshalb will ihn die Polizei nicht mehr. Aber ich möchte auch mit Fleischers Zahnersatz keine Bekanntschaft machen!"

„Nun gut, also mit Fleischer."

Schnell füllten sich die Spalten mit den Dienstzeiten. Am nächsten Abend, Punkt 20.00 Uhr, sollte es losgehen. Treffpunkt war der Bahnhof.

*

Sechs Leute hatten sich eingefunden, zusätzlich der Polizeihund a.D. Fleischer. Ein vierschrötiger Mann, der sagte, bereits im Dienst eines Sicherheitsunternehmens gearbeitet zu haben, übernahm wie selbstverständlich das Kommando.

„Ausrüstungskontrolle. Haben alle eine Taschenlampe und einen Knüppel am Mann… oder an der Frau?" Er mühte sich um einen knappen, bellenden Befehlston.

„Taschenlampe ja. Aber was soll der Knüppel? Ich denke, wir rufen die Polizei, wenn wir Verdächtiges bemerken?"

„Papperlapapp! Wir übergeben ihn der Polizei. Handlich verpackt."

„Dann ohne mich! Selbstjustiz ist nicht mein Ding", sagte der junge Handwerksmeister und fügte, an den Anführer gewandt, hinzu: „Wer bist Du eigentlich? Ich kenne Dich nicht? Und einige andere auch nicht."

„Wir sind angesprochen worden. Wir trainieren im Fight Club in Neumünster. Und wir helfen gerne", grinste der Angesprochene.

„Söldner!" zischte der Handwerker und entfernte sich in Richtung auf den neu gestalteten Fußgängertunnel, um nach Hause in die Finnenhaussiedlung zu gehen.

„Verräter!" Es waren keine freundlichen Blicke, die ihm folgten.

„Drei Gruppen zu zweit geht ja nun nicht mehr. Also einmal drei, und ich gehe mit Dir und Fleischer. Ihr geht bei Sky vorbei über den Moorweg und die Ostlandstraße zur Shell-Tankstelle. Wir gehen durch die Einkaufzone zur Tanke. Dort sehen wir weiter. Wir bleiben in Handy-Kontakt. Abmarsch!"

Es war ein wolkenverhangener Abend. Nur gelegentlich blinkte der Mond hell durch das zerzauste Firmament. Geduckt und angespannt begaben sich die Mitglieder der Bürgerwehr auf ihre erste Streife.

„Wie heißt Du eigentlich mit Vornamen? Ich bin Sebastian. Sag Basti zu mir", flüsterte der selbsternannte Anführer seiner Partnerin zu.

„Marion. Ich gehöre zu dem neuen Geschäft in der Bahnhofstraße. Wir kommen gleich daran vorbei", flüsterte sie zurück.

Die angespannte Stimmung übertrug sich auf Fleischer, der nervös witterte und an der Leine zog.

„Ruhig, ruhig, alter Junge. Alles ist gut", versuchte Marion den prächtigen schwarzen Schäferhund zu beruhigen. Im Schatten der Geschäfte bewegten sie sich weiter. Nur einige hatten ihre Schaufenster noch beleuchtet, dort zeichneten sich die Umrisse der beiden Menschen mit dem Hund schemenhaft ab. Sie gingen zwischen den Fahrradständern und der Sparkasse hindurch und wollten gerade den neuen, einzigartig geschnittenen Zebrastreifen zu ‚b!wohnt' überschreiten, als vom Parkplatz hinter der Sparkasse ein Laut herüberklang. Fleischer knurrte. Basti angelte sein Handy aus der Brusttasche und drückte die Schnellwahltaste.

„Sofort hierher! Hier ist was!" befahl er.

„Wo seid ihr denn?" klang es aus dem Gerät zurück.

Marion konnte ein Grinsen nicht unterdrücken.

„Vor der Sparkasse. Wir treffen uns unter dem Baum vor dem Eingang. Ende!" Klang Bastis Stimme etwas verunsichert?

*

Bill wartete auf dem kleinen Parkplatz für die Sparkassenangestellten. Dort hatte er sich mit einigen Freunden verabredet. Weil er noch keinen Führerschein besaß, war er mit dem Fahrrad aus Sören zum Treffpunkt gefahren. Mit der Gruppe, die sich aus dem Jugendtreff kannte, wollte er zur Landjugendparty in Reesdorf. Aber zunächst war Vorglühen auf dem versteckten Parkplatz angesagt. Bill wurde es langweilig. Leise summte er vor sich hin, nestelte einen ‚Kleinen Feigling' aus seinem Rucksack, drehte den Verschluss ab, prostete sich selbst zu und schüttete das klebrige Zeug in sich hinein. Er drehte die Flasche wieder zu. Schemenhaft sah er, einige Meter entfernt, einen Papierkorb. Er zielte sorgfältig, traf aber nur die Kante. Die Flasche fiel zu Boden. „Mist!" fluchte Bill, hob das Fläschchen auf und warf es in den leeren Papierkorb. Bill hatte vor einiger Zeit angefangen zu rauchen. Weshalb, konnte er sich selbst nicht beantworten. Einige Freunde rauchten auch. Bill setzte sich auf die Treppenstufen zum nächst höher gelegenen Parkplatz und steckte sich eine

Zigarette in den Mund. Marlboro. Dann fingerte er eine Schachtel Zündhölzer aus der Hosentasche. Aber der Wind machte alle Versuche, den Tabak zu entzünden, zunichte. Bill öffnete den Reißverschluss seiner Kapuzenjacke, reckte die Zigarette mit langem Hals seitlich tief in den windgeschützten Raum und versuchte es erneut. Vergeblich. „Ein letzter Anlauf! Dann ist Schluss!" murmelte er grimmig und drückte kräftig mit dem Zündholz auf die Reibefläche. Aber das Streichholz brach ab, und der brennende Schwefelkopf fiel in die Schachtel. Einen Moment geschah nichts, dann gingen die restlichen Zündhölzer mit einem fauchenden Geräusch in Flammen auf. Vor Schreck schleuderte Bill die Schachtel von sich. Da brach das Inferno über ihn herein. Ein großer, geifernder Hund biss ihm in den Arm. Eine Frau schrie: „Fleischer! Aus! Fleischer! Hierher!" Aber Fleischer dachte gar nicht daran, loszulassen, und zerrte an dem Arm seines Opfers. Endlich konnte er das, wozu er jahrelang ausgebildet worden war, einmal praktisch anwenden. Die Männer, die aus der Dunkelheit herangesprungen waren, halfen Bill auch nicht. Im Gegenteil, sie prügelten ihn mit Knüppeln und traten ihn. Um Bill wurde es schwarz.

*

Die Ärzte im Friedrich-Ebert-Krankenhaus zogen Bilanz: Eine große Bisswunde am Unterarm, zwei Platzwundem am Kopf, drei gebrochene Rippen und zahlreiche Blutergüsse über den gesamten Körper verteilt.
„Was hast Du nur gemacht?" fragte die freundliche Schwester, als Bill aufwachte.
„Eigentlich nichts. Nur gewartet", antwortete der gequält.

30

Die nüchterne Büroatmosphäre im Dienstzimmer von Hauptkommissar Bielfeld im Kieler Polizeipräsidium strahlte den herben Charme der 60iger Jahre aus und war für das Austauschen von Gedankenblitzen nicht wirklich förderlich.

„Na Wilhelm, ich hoffe, bei Dir zuhause ist es etwas gemütlicher", frotzelte Werner Lorenzen seinen Gastgeber an.

„Aber der Cognac hier strahlt zum Glück genügend Wärme aus!" Mit einem breiten Grinsen zog Bielfeld eine Flasche ‚Remy Martin' aus seinem Schreibtisch.

„Zuhause hat mir meine Herzallerliebste das Trinken von Hochprozentigem leider verboten."

„Ich sage meiner Ex-Verlobten immer, dass es sich hierbei um hochgeistige Getränke handeln würde. Und schon hat sie es erlaubt!"

„Deine Psychologen-Ausbildung muss ja auch zu irgendetwas nutze gewesen sein! Na denn auf das Wohl unserer verständnisvollen Partnerinnen!" Bielfeld prostete seinem Gesprächspartner fröhlich zu.

„Dann zeig mir mal unsere drei abgelehnten Feuerwehrkameraden. Wäre schön, wenn wir darunter unseren Brandstifter finden können! Aber vorher lass' mich mal einige typischen Merkmale für Brandstifter auf das Flip Chart hier schreiben. Dann können wir unsere Kandidaten besser an den Kennzeichen vorbeiführen." Lorenzen griff sich einen dicken schwarzen Edding-Stift und ging zu der Notiz-Wand.

„Ich unterstelle anhand der bisherigen Kenntnisse, dass wir es hier nicht mit politisch begründeten Brandstiftungen zu tun haben. Dafür fehlen entsprechende Bekennerschreiben und die Opfer fallen auch nicht in das typische Raster, wie zum Beispiel Großbanken oder Unternehmen der Waffenin-

dustrie oder der Energiewirtschaft. Auch Fälle von Versiche-
rungsbetrug scheiden meines Erachtens aus. Die geschädigten Firmen erscheinen mir alle als finanziell solide."

„Stimmt, das haben wir auch schon überprüft." Bielfeld war
froh, wenigstens etwas zum Gespräch beitragen zu können.

„Die von mir angenommene krankhafte Brandstiftung – von
Fachleuten Pyromanie genannt – zeichnet sich dadurch aus,
dass der Täter – weibliche Täter gibt es tatsächlich nur in
ganz wenigen Fällen – eine stark ausgeprägte Faszination zu
allem, was mit Feuer oder Brand in Zusammenhang steht,
verspürt. Und oftmals eben auch an den Löschmöglichkeiten
– also an den Löschgeräten und den Feuerwehrfahrzeugen.
Daher auch die Annahme, dass viele Feuerwehrleute poten-
tielle Brandstifter sind, die dann beim Löschen der von ihnen
gelegten Brände besonders einsatzfreudig sind."

„Das könnte ja auf alle der drei Kandidaten gut zutreffen!"

„Ja stimmt, Wilhelm", grunzte Werner Lorenzen.

„Und die danach, selbst angesichts von Zerstörung von Leben, Gesundheit oder Sachbesitz, eine tiefe Zufriedenheit
oder sogar ein Entzücken verspüren. Manchmal sogar inklusive einer sexuellen Befriedigung."

„Und welche Tätertypen kommen dafür besonders in Frage?"

Werner Lorenzen kam ins Dozieren. Während er die Begriffe
auf das Flip Chart schrieb, erklärte er:

„Geistige Behinderung bei 20 Prozent aller gefassten Brandstifter. Alkoholmissbrauch."

„Na denn mal Prost!" Bielfeld füllte zum zweiten Mal die
Cognac-Schwenker.

„40 Prozent der Täter sind vorbestraft. Die meisten sind un-
verheiratet oder kurz vorher geschieden worden. Das Durch-
schnittsalter ist eher jung, das heißt bis Mitte dreißig. Die

Mehrheit kommt vom Lande. Und die meisten Täter erweisen sich als schüchtern und gehemmt."

„Ich denke, Du hast genügend typische Tätermerkmale aufgeschrieben. Lass uns daran unsere drei Lieblinge mal genauer überprüfen. Wir sollten mit Lutz Feuerstein anfangen. Da passt ja schon der Name ins Raster", freute sich Bielfeld.

Lorenzen machte auf der zweiten Seite des Flip Charts entsprechende Notizen:

‚Feuerstein: Alter fast Fünfzig, Beruf Chemiker, momentan arbeitslos, Neigung zum überhöhten Alkoholkonsum.' Lorenzen fing wieder an zu grummeln:

„Sein Alter spricht eher gegen seine Täterschaft. Die anderen drei Punkte eher dafür." Er machte mit einem roten Stift drei große Pluszeichen hinter den Namen von Feuerstein.

„Und jetzt dieser Oskar Wasserstrahl, der unzuverlässige Handyverkäufer. Sein genaues Alter ist nicht bekannt, scheint aber jünger zu sein. Er sucht immer noch den Kontakt zu seinen alten Kameraden von der Wehr. Macht auch drei Kreuze!"

„Und der letzte im Bunde ist Marco Klein." Bielfeld machte wieder den dienstbeflissenen etwas devoten Assistenten.

„33 Jahre alter Dauerstudent der Betriebswirtschaftslehre in Kiel, der nie zu den Lehrgängen der Wehr erschienen ist. Macht zwei Kreuze auf der Liste." Lorenzen malte wieder rot auf das Papier.

„Ist denn irgendetwas über das Aussehen der Männer bekannt?", fragte der Psychologe den Polizisten.

„Ja die Kollegen Friebe und Gebhard von der Wehr in Wattenbek haben sie zum Glück recht detailliert beschrieben: Marco Klein wird als dicker Rotblonder geschildert. So ein Mittelding zwischen Boris Becker und Donald Trump."

161

„Na, das allein rechtfertigt doch schon zehn Jahre Freiheitsstrafe!" Lorenzen war schon in Feierlaune.

„Oskar Klein als junger Unauffälliger und Lutz Feuerstein als nett aber älter aussehender Typ."

„Zu den Zeugenaussagen – auch wenn die sich widersprechen – passt wohl nur der Marco Klein." Lorenzen malte ein viertes Kreuz hinter dessen Namen.

„Haben wir die Anschriften der Herrschaften?"

„Alles erledigt, danke an das Amt Bordesholm und an das Einwohnermeldeamt in Kiel. Ich werde die Herren zu einem Gespräch ins Präsidium einladen. Aber erstmal nur als Zeugen, nicht als Verdächtige." Bielfeld nickte zufrieden.

„So mein Freund! Schönes Arbeiten mit Dir! Und die wärmste Jacke ist die Con-jacke. Einen Remy vertrage ich noch!" Lorenzen hielt sein leeres Glas zu Bielfeld.

„Schönes Arbeiten, aber das sagte ich ja schon!"

„Stimmt!" Bielfeld merkte mit großem Wohlwollen, dass er auf der Remy-Martin-Strecke besser im Training war als der Psychologe.

31

Der Raum war abgedunkelt. Drei der insgesamt sieben Betten belegt. Nur am hinteren Ende leuchtete auf dem Schreibtisch eine kleine Lampe. Die Schwester hatte es sich bequem gemacht und stöberte in den alten Prospekten, die schon zu zerfallen drohten. Selten brachte einer ihrer Kollegen neue Zeitschriften mit. Und so blätterte sie die Seiten durch, ohne etwas Interessantes zu entdecken. Es wird eine ruhige Nacht werden. Nur auf den Monitoren über den Betten leuchteten schwach die Farben unterschiedlicher Kurven. Nichts Besonderes. Die Patienten waren heute alle operiert worden. Schwach hörte die Schwester Stimmen aus dem Nebenraum, dem ‚Operativen Intensiv Raum'. Die hatten es gut, die konnten sich unterhalten. Sie überlegte noch, ob sie kurz zu den anderen gehen sollte, um etwas Lesbares zu besorgen, als bei einem der Monitore der Alarm ausbrach.

Am letzten Bett, direkt an der Eingangstür zum Aufwachzimmer, spielte der Monitor verrückt. Die EKG Anzeige auf dem Display machte unregelmäßige Kurven. Vor Schreck fiel der Schwester das Prospekt aus den Händen. Sie sprang auf und riss dabei den Stuhl um. Sie war eine erfahrene Schwester, die sofort erkannte, dass auf der Anzeige ein Herzflimmern zu erkennen war. Sie drückte auf den Alarmknopf, worauf hinten im Aufenthaltsraum der Ärzte eine Klingel ertönte. Gleichzeitig machte sie die große Raumbeleuchtung an und rannte zum Notfallwagen. Sie wusste was zu tun war. Die Neonröhren begannen zu flackern, ehe sie ihre volle Leuchtkraft erreichten. Der Arzt kam hereingeeilt und rief: „Was ist los?" Hinter dem Arzt betraten zwei Schwestern den Raum. Die diensttuende Schwester zog das Bett, soweit die

Kabel es zuließen, zur Mitte des Raumes. Direkt an den Notfallwagen. Sie brauchten Platz. „Herzflimmern."

„O.K.", rief der Arzt und mit einem Blick auf den Monitor stellte er ‚Vorhofflimmern' fest. „...Her mit dem Defibrillator, auf 160 und synchron einstellen." Eine der Schwestern drehte den Schalter mit einem leichten Knacken auf 160 Joule. Ein leises Jaulen erfüllte den Raum, bis der ‚Defi' sich aufgeladen hatte. Jetzt piepte er zum Zeichen, dass er bereit ist. Inzwischen hatte der Arzt eine kleine Flasche Elektrodengel aus der Schublade genommen und auf eines der beiden Paddel gespritzt. Indem er nun die beiden Paddel mit den Kontaktflächen aneinander rieb, verteilte er das Gel. Eine der Schwestern hatte den Brustkorb der Patientin freigelegt.

„Alles zurücktreten!" rief der Arzt, legte die Paddel an, wartete kurz, um dann die beiden Paddel gleichzeitig zu aktivieren. Ein Klacken ertönte und der Körper von Erika Friedberg bäumte sich auf. Alle blickten gespannt auf den Monitor. Keine Kurve, nichts. Das Herz hatte aufgehört zu schlagen. „Nochmal!" rief der Arzt, „jetzt 170." Wieder jaulte der Defi, bis er seine Spannung erreichte. Wieder rief der Arzt „zurück!" und wieder bäumte sich der Körper der Patientin. Nichts! Stille. Dann ein zaghaftes Piepen. Das Herz von Erika Friedberg reagierte. Es schlug erst ein wenig schwach und dann immer kräftiger. Ein Aufatmen ging durch den Raum. Alle waren erleichtert. Ein scheues Lächeln huschte über das Gesicht der wachhabenden Schwester, als der Arzt ihr über die Schulter strich. „Das haben Sie gut gemacht, schnell reagiert und alles gut vorbereitet. Jede Sekunde zählt." Der Arzt ging noch einmal zum Schreibtisch und schaute sich die Akte von Erika Friedberg an. „Ich gehe wieder nach hinten", verabschiedete er sich dann. Das grelle Licht im Aufwachzimmer blieb noch eine ganze Weile an.

Nervös schnippte die Ärztin mit ihren Fingern. „Hat Frau Friedberg denn keine anderen Verwandten, außer dem Jungen?" „Leider nein, hier kommen nur der Kommissar und die beiden Kinder", antwortete die Schwester bei der Besprechung. „Sie hat keine Eltern und ist zurzeit nicht verheiratet. „Nun gut, dann muss er da alleine durch", gab die Ärztin zurück.

„Guten Tag", kam es von der Tür. „Kann ich zu meiner Mutter?" Finn stand im Türrahmen und hinter ihm seine Freundin Nasrin. ‚Wenn man vom Teufel spricht' ging es der Ärztin durch den Kopf. ‚Aber ein Teufel ist er ja nun wirklich nicht'. „Guten Tag Finn, ich möchte mich kurz mit Ihnen unterhalten." Da die Ärztin nicht so recht wusste, wie sie Finn ansprechen sollte, nannte sie ihn bei seinem Vornamen und siezte ihn.

Finn trat zurück, um die Ärztin vorbeizulassen und ihr dann zu folgen. Im Arztzimmer angekommen, drehte sich die Ärztin um und begann: „Wir haben Deine Mutter gestern am Rücken operiert. Genauer gesagt an der Wirbelsäule. Ein Wirbel war gebrochen. Den haben wir fixiert und gleichzeitig ein Blutgerinnsel entfernt. Leider hatten wir Deine Mutter nach der Operation kurz verloren, konnten sie aber rechtzeitig reanimieren. Das Gute ist, Deine Mutter kann ihre Beine wieder bewegen. Wahrscheinlich war der Nerv im Rückenmark eingeklemmt. Wenn Du möchtest, kannst Du sie jetzt besuchen."

Finn nickte nur und drehte sich um, wobei er fast mit Nasrin zusammenstieß. Gedanken schossen ihm durch den Kopf. ‚Reanimieren? Wirbel gebrochen? Verloren? Blutgerinnsel? Sie kann ihre Beine wieder bewegen, das ist das Wichtigste.'

Ein großer Stein fiel ihm vom Herzen. Immer schneller lief er auf das Zimmer zu, in dem seine Mutter lag, und riss die Tür auf. „Mom, hallo Mom, wie geht es Dir?" Ohne eine Antwort abzuwarten stürmte er auf das Bett zu und umarmte seine Mutter. „Mom, wann kommst Du nach Hause?" Erika Friedberg lachte nur: „Ein wenig musst Du Dich noch gedulden." Dann liefen ihr Freudentränen die Wangen runter.

Sie war so unendlich froh. Alles wird gut.

32

Bill musterte die vier Personen, die ihm gegenüber an dem Besprechungstisch saßen, der Reihe nach lange und schweigend. Die Anwältin Monika Jöhnck hatte die Vier einzeln vorgestellt, aber ihre Namen waren durch seinen Kopf hindurch gerauscht. Da saß eine Frau, die seine Mutter sein konnte, mit ebenmäßigem, von ersten Falten gezeichnetem Gesicht. Sie trug ein dunkles Kostüm und hatte die verkrampft gefalteten Hände vor sich auf den Tisch gelegt. Als Bill ihr in die Augen blickte, verzog sich ihr Mund zu einem schmalen Lächeln. Schnell wandte sich Bill dem neben ihr sitzenden Mann zu, einem stämmigen Kerl mit modischer Undercut – Frisur. Sein schwarzes T-Shirt trug einen Totenkopfaufdruck, die engen kurzen Ärmel des Hemdes spannten über den Muskeln. Neben ihm saßen zwei Männer in gedeckten Business-Anzügen, austauschbar wie Sparkassenangestellte oder Versicherungsaußendienstler. Der eine spielte mit einem teuren Schreibgerät, der andere drehte seinen Siegelring immer wieder um den Ringfinger. Im Gesicht zeigten sie keine Regung.

„Fehlt da nicht einer?" Bill beugte sich zur Seite, blickte unter den Tisch. „Wo ist der Hund?" Monika Jöhnck lächelte. Sie hatte Kostproben des sarkastischen Humors ihres jungen Klienten bereits in den Vorbereitungsgesprächen genossen. Bill hatte dem von ihr vorgeschlagenen Verfahren zugestimmt, und da auch die Täter einverstanden waren, wurde der Täter-Opfer-Ausgleich schnell auf den Weg gebracht. Aber Fleischer hatte in der Tat niemand gefragt! Denn nur, wenn das Opfer und der oder die Täter einer Straftat es alle wollen, können sie nach dem Gesetz einen Täter-Opfer-Ausgleich machen. Dabei können sie einen Vermittler in Anspruch nehmen, der sie bei der Aufarbeitung der Tat, bei der Befriedung des Konflikts und bei der Aushandlung der Wiedergutmachung unterstützt. Es ist dann Sache der Staatsanwaltschaft oder des Gerichts, wie dieses Ergebnis bewertet wird.

In getrennten Vorgesprächen hatte Monika Jöhnck herausgefunden, um was es Bill bei einem Ausgleich ging und ob die Täter dazu bereit waren. Wesentlich waren Bill nicht nur eine Entschuldigung und Schmerzensgeld, sondern vor Allem die Einsicht der selbsternannten Bürgerwehr, dass das Gewaltmonopol beim Staat liege. „Ich habe mich bei der Polizei beworben, habe schon einen Termin für die Aufnahmeprüfung. Hoffentlich bin ich bis dahin wieder ganz fit", hatte der junge Mann seine Peiniger in eine weitere Verlegenheit gestürzt.

Monika Jöhnck verteilte ein Schriftstück an die Anwesenden und begann zu lesen:

„Vereinbarung zum Täter-Opfer-Ausgleich zwischen…" Während sie die Namen der Beteiligten verlas, suchte die Anwältin den Blickkontakt zu jedem einzelnen. „…wird folgendes vereinbart:

1.   Die Täter bekennen sich schuldig der gemeinschaftlichen Körperverletzung an dem Opfer Bill Clausen. Sie entschuldigen sich hierfür. Sie erklären öffentlich, u.a. in einer Anzeige in der BORDESHOLMER RUNDSCHAU, dass sie von dem Gedanken einer Bürgerwehr Abstand nehmen und das Gewaltmonopol des Staates uneingeschränkt befürworten.

2.   Bill Clausen erhält von den Tätern ein Schmerzensgeld in Höhe von 16.000 Euro, zahlbar binnen 14 Tagen zu je einem Viertel von jedem Täter.

3.   Die Täter kommen für die Kosten der Heilbehandlung und für weitere, bislang noch nicht erkannte Folgekosten auf."

Alle Beteiligten unterzeichneten das Dokument und reichten sich bekräftigend die Hand. Als Bill Fleischers Herrin die Hand gab, fragte er:

„Wie geht es Fleischer?"

„Nicht so gut. Er muss nach unserer verrückten Aktion in der Öffentlichkeit einen Maulkorb tragen."

„Oh, das tut mir leid. Bestellen Sie ihm bitte, dass ich ihm am Ehesten verzeihe. Und er soll wissen: Das Problem ist immer am anderen Ende der Leine."

„Falls Sie dringend Geld brauchen, bekommen Sie es bei uns schneller als binnen 14 Tagen!"

„Sie möchten sparen oder einen Kredit aufnehmen, fürs Alter vorsorgen oder eine Immobilie kaufen.
Wir haben für alle Fälle ein passendes Angebot."

Bordesholmer Sparkasse AG
24582 Bordesholm Bahnhofstraße 43 – 47

33

„Schönen guten Tag, Herr Klein. Ich habe Sie zu diesem Gespräch gebeten, um mit Ihnen über die Bordesholmer Brandstiftungen zu sprechen." Hauptkommissar Bielfeld wies seinem Besucher einen Stuhl zu.

„Bitte setzen Sie sich. Vorab möchte ich mit Ihnen einige Daten abklären – wie zum Beispiel Geburtstag und genaue Anschrift und dergleichen."

„Die Anschrift Saldernstraße 8 in Kiel stimmt noch. Und das Geburtsdatum 2. September 1984 auch noch." Klein kam sich trotz der für ihn ungewohnten Situation ziemlich witzig vor. Bielfeld gab sich sichtlich Mühe, ruhig zu bleiben.

„Herr Klein, ich möchte Sie als Zeugen vernehmen, nicht als Verdächtigen. Gerade deshalb möchte ich Sie eindringlich ermahnen, die Fragen wahrheitsgemäß und wohlüberlegt zu beantworten."

Marco Klein kratzte sich am Doppelkinn: „Ja, Herr Kommissar mache ich."

„Was machen Sie beruflich?"

„Ich studiere BWL. Also Betriebswirtschaftslehre in Kiel an der Uni." Nach einem erneuten Jucken am Schwabbelgesicht: „Aber im nächsten Jahr will ich meinen Abschluss schaffen. Also, ich gebe mir jedenfalls Mühe."

„Herr Klein, nach unseren Informationen waren Sie für kurze Zeit Mitglied der Freiwilligen Feuerwehr in Wattenbek. Sind Sie dort noch?"

„Ach was, Herr Kommissar. Dort waren nur Idioten. Nur Bauern und Handwerker. Aber keine Akademiker. Es fehlten mir die geistigen Anregungen. Deshalb bin ich wieder ausgetreten."

„Wir haben da andere Informationen bekommen: Dass Sie nicht als Feuerwehrmann aufgenommen worden sind, weil Sie die nötigen Lehrgänge der Wehr nicht absolviert haben."

„Kommt doch vom Ergebnis auf's Gleiche raus. Aber weshalb wollen Sie das alles wissen? Ist es etwa strafbar, aus der Wehr auszutreten?"

„Nein, das sicherlich nicht. Es geht nur darum, ob Sie Aussagen über die Brände in Bordesholm machen können. Also beispielsweise über die Brandstiftungen im Friseursalon „Kamm und Schere" in den Vormittagsstunden des 14. Novembers letzten Jahres oder beim VW-Händler Kath in den Abendstunden des 5. Januars dieses Jahres."

„Ich kann dazu nichts sagen. Aber falls Sie ein Alibi von mir haben wollen, haben wir Glück, Herr Kommissar. Ich habe alle meine Termine im I-Phone vermerkt, auch die aus dem letzten Jahr. Augenblick bitte!" Mit ruhigen Bewegungen strich Marco Klein über sein weißes Apple-Gerät.

„Hier, am Montag, den 14. November 2016 war ich von 10:00 bis 15:00 Uhr in der Unibibliothek in Kiel. Das könnten etliche Kommilitonen bestätigen." Nach einigen weiteren Handbewegungen am I-Phone:

„Und am 5. Januar 2017, einem Donnerstag, war ich abends ab 18:00 Uhr in der Kieler Bierkneipe „Wubbke" zu unserem wöchentlichen Stammtisch. Das Wubbke ist in der Holtenauer Straße."

„Ich weiß. Hausnummer 112. Dort war ich früher auch mal Stammgast." Bielfeld lächelte. Er schien sich sehr gerne an unzählige nette Stunden im Wubbke zu erinnern.

„So, Herr Klein. Hier ist meine Visitenkarte. Bitte rufen Sie mich an, wenn Ihnen irgendetwas einfällt, was wichtig für uns sein könnte."

‚Mein Gott, das hat sich hier ja überhaupt nicht verändert. Genauso nett und gemütlich wie vor zwanzig Jahren. Oder ist es erst zehn Jahre her, dass wir uns hier immer freitagabends getroffen haben? Sogar Denis sieht noch aus wie früher!‘ Bielfeld guckte erstaunt auf den ausgestopften Fuchs an der Wand: ‚Und Meister Reinicke hat die vielen Jahre auch heil überstanden!‘

„Na, Wilhelm? Das Gleiche wie früher? Immer noch ein gro-ßes Guinness?“ Denis Hayes, der seit 41 Jahren Kiels beste Bierkneipe führt, lachte ihn mit seinen verschmitzten Augen an: „Bist ja lange nicht mehr hier gewesen! Aber ich bringe Dir erst mal Dein Getränk.“

Bielfeld schaute verzückt in die halbvolle Kneipe. ‚Na, der Rest kommt bestimmt nachher, wenn die Kinovorstellungen im Metro vorbei sind. Und immer noch die gute Mischung zwischen älteren und jüngeren Leuten. Wie damals!‘

„So, Dein Getränk. Erzähl mal, was machst Du so? Beruflich immer noch als Ganovenjäger aktiv?“ Denis hatte schon im-mer ein Elefanten-Gedächtnis.

„Ja, einmal Polizist, immer Polizist. Und deshalb bin ich auch heute hier. Aber zunächst will ich das beste Guinness östlich von Dublin genießen.“ Mit einem gierigen Schluck kippte sich Bielfeld das köstliche Schwarzbier hinter die Binde.

„Kennst Du den hier? Weißt Du zufällig, ob der junge Mann am 5. Januar abends hier war?“ Bielfeld zeigte Denis das Bild von Marco Klein.

„Also der Marco ist oft hier. Er sitzt immer mit seinen Kum-pels am Ecktisch unter dem Fuchs. Und sie machten immer eine gute Zeche. Mehr für Getränke als für Essen.“

„Na, da ist Deine Verdienstspanne ja auch viel besser!"
Bielfeld freute sich merklich, Denis nach so langer Zeit mal
wieder zu sehen.

„Die letzten Wochen hatte er allerdings Hausverbot bei mir.
Er hatte nach etlichen Guinness versucht, mit einem seiner
Kumpel einen Bierdeckelweitwurfwettbewerb zu veranstal-
ten. Und da verstehe ich keinen Spaß. Vor allem, wenn mein
geschätzter alter Kronleuchter das Ziel des Wettbewerbs ist."
Denis zeigte mit dem rechten Arm auf den prächtigen Mes-
singleuchter an der Decke.

„Der hat schließlich die Bombennacht vom 13. Februar 1945
schadlos überstanden, als das Kieler Rathaus, in dem er damals hing, durch die englischen Bomben fast zerstört worden
war. Und da müssen nicht irgendwelche betrunkenen Stu-
denten das edle Messing beschädigen! Warte mal einen
Moment. Ich schau mal nach, wann ich den Marco rausgeschmissen habe." Mit flinken Schritten verschwand Denis
hinterm Tresen. Er senkte seinen Glatzkopf über einen Stapel
Papier und blätterte darin. Mit seinem typischen Lächeln
kam er an Bielfelds Tisch zurück:

„Volltreffer. Das war am Donnerstag, den 5. Januar 2017. So
gegen 22:00 Uhr."

34

„Guten Abend die Damen." Mit seinem Block in der Linken und seinem Schreiber in der Rechten stand er vor Tisch sieben.

„Getränke wie immer?"

Es kam im Chor zurück: „Wie immer, nur nichts Neues und mit dem Essen lassen wir uns noch ein wenig Zeit."

Der Kellner machte zackig kehrt und ging in Richtung Tresen. Er murmelte vor sich hin: „Drei Rotwein. Zweimal trocken, einmal lieblich, zwei kleine Alster und einen grünen Tee."

Die Damenstammtischrunde traf sich jeweils am letzten Freitag des Monats im Albatros. Ihre Runde war fast immer vollzählig. Es gab zwar keine Vorsitzende in ihrem Kreis, aber Sieghild hielt ein wenig die Fäden in der Hand.

„Ist es nicht furchtbar mit den Brandstiftungen, wann wird der irre Feuerteufel endlich dingfest gemacht. Schlimm, es hat bereits Tote gegeben, hoffentlich trifft es keine von uns."

Eine rege Diskussion entstand. Der Kellner brachte die Getränke.

Vor einem Jahr war das in diesem Kreis beliebte Urlaubsland Dänemark Thema gewesen. Jede hatte unser Nachbarland bereits mehrfach besucht.

Weitläufige Sandstrände, nette Gastgeber, die Hunde dürfen mit, die Dänen sind freundlich und es gibt keine Probleme mit der Verständigung. Die Dänen hatten sich ihren Gästen angepasst, sie sprachen fast alle ein recht gutes Deutsch. Das waren die Stichworte.

Dorothea räusperte sich: „Eigentlich müssten wir uns schämen, es ist beinahe ungehörig. Wie selbstverständlich nehmen wir das hin. Ein Däne, der im Harz seinen Urlaub verbringt, wird auf keinen Fall auf Dänisch begrüßt werden. Er soll sich gefälligst in Deutsch ausdrücken. Ganz schön hochnäsig von uns. Wir bemühen uns nicht einmal um ein paar Grundbegriffe der dänischen Sprache. Wozu auch."

Sieghild sah in Richtung Thorhild.

„Thorhild, Du stammst doch aus Dänemark. Wie wäre es, wenn Du bei der VHS einen Sprachkurs geben würdest. Dänisch für Urlauber, das wäre doch toll. Ich würde mich sofort anmelden. Ich kenne die Leiterin der VHS Frau Baumann, soll ich mal vorfühlen?"

Thorhild war diejenige, die ihren Rotwein gern lieblich trank.

„Wie stellt Ihr Euch das vor? Das kann ich doch überhaupt nicht. Nachher mache ich mich noch lächerlich."

„Und ob Du das kannst. Du bist doch Anleiterin in Deiner Abteilung und mit der Erwachsenenbildung vertraut. Methodik und Didaktik gehörten doch zu Deiner Ausbildung. Das Gegenteil wird der Fall sein, Dein Kurs wird ein voller Erfolg. Wir alle werden Dich unterstützen."

Ein Trommelwirbel ging auf die Tischplatte nieder.

*

„Du sag mal Thorhild, Dein Kurs beginnt in einer Woche. Wie ist die Lage?", wollte Ingeborg wissen.

„Ach was soll ich sagen? Je näher der Termin rückt, desto gruseliger wird mir, aber es gibt nun kein Zurück mehr. Außer Euch haben sich noch zwölf weitere Personen angemeldet. Sechs Frauen und sechs Männer. Den Klassenraum in der Hans-Brüggemann-Schule habe ich mir auch angesehen. Ein schöner großer Raum im ersten Obergeschoss mit allen technischen Möglichkeiten. Meine Unterrichtsvorbereitung für die erste Stunde habe ich abgeschlossen. Ich habe meinen Unterricht zweimal meinem Freund vorgetragen und einmal meinem Hund. Wenn der seinen Kopf ein wenig hängen ließ, habe ich meine Stimme erhoben und wir hatten wieder Blickkontakt. Ich glaube ich bin ganz gut vorbereitet. Und das Beste zum Schluss, am ersten Abend will mich Frau Baumann unterstützen."

„Großartig, da kann ja nichts mehr schiefgehen", kam es gemeinschaftlich aus der Runde.

„Lasst uns das Essen bestellen."

Der besagte Donnerstag war gekommen. Thorhild war bereits eine Stunde vor Kursbeginn in der Schule eingetroffen. Der Innenhof, die Flure und ihr Raum waren ausgeleuchtet und mehrere Schilder wiesen den Weg. Fettgedruckt stand darauf:

Dänisch für Urlauber
Kursleiterin Thorhild Ludwigsen

Ein klein wenig Stolz kam in ihr auf.

Der Raum füllte sich, alle grüßten artig und suchten sich einen Platz. Ihre Freundinnen hatten gemeinsam in der ersten Reihe Platz genommen. Frau Baumann saß zu ihrer Rechten.

Punkt halb acht, die Leiterin der VHS begrüßte alle Anwesenden und stellte Thorhild vor. Sie hatte darum gebeten, auf eine Vorstellungsrunde zu verzichten, weil sie diese immer als fürchterlich empfand. Im Laufe der Zeit, und vor allem in den Pausen, lernte man sich viel besser kennen.

Thorhild stand auf und stellte sich gerade vor ihre ‚Schüler'.

„Hjertelig velkommen - mine kaere Danmark venner."

*

Was war das?

Es kam aus dem Flur vor dem Klassenraum. Ein lautes schrilles Zischen mit einem furchtbaren Prasseln unterlegt. Was war passiert? War eine Gasleitung geplatzt? Ein übler Schülerstreich?

177

Zeitgleich erklang der grelle Piepton der Brandmeldeanlage. Warum auch immer? Wie auf ein Kommando hin, stürzten sich drei Frauen -Thorhild war dabei- der Tür entgegen und rissen sie auf. Ein fataler Fehler!

Heißer, beißender Rauch schlug ihnen entgegen. Aus der dunklen Wolke leckte eine hellgelbe Stichflamme nach ihnen. Noch rechtzeitig konnten sie ihre Hände schützend vor ihre Gesichter halten. Sie taumelten in den Raum zurück.

Der giftige Rauch schoss in den Klassenraum und baute sich bedrohlich unter der Decke auf. Panische Schreie und entsetzte Hilferufe mischten sich mit starken Hustenanfällen.

Eine dunkle, ruhig klingende Stimme war laut und deutlich zu vernehmen.

„Alles hört auf mein Kommando! Alle auf den Boden und kriecht zu der Fensterfront. Alle bleiben zusammen! Ich werde versuchen, die Tür zu schließen."

Stühle und Tische kippten, wer einen Nachbarn greifen konnte, nahm ihn bei der Hand. Ein Klicken ertönte. Er hatte es geschafft. Die Tür zum Flur war geschlossen. Der tödliche Rauch senkte sich im Raum herab, alle hatten Atemprobleme, ein Mann rief nach seiner Mutter.

Wieder die dunkle Stimme: „Legt Euch flach auf den Boden, ich werde versuchen, ein Fenster zu öffnen."

*

Auf der Leitstelle Mitte:

Einlauf Brandmeldeanlage HBS Bordesholm.

„Na ja, dann woll`n wir mal", so der zuständige Disponent.

Feueralarm für die Freiwilligen Feuerwehren Bordesholm und Wattenbek - geht raus.

„Wohl wieder so ein lästiger Fehlalarm, Störung in der Anlage, oder so. Für einen Schülerstreich ist es schon zu spät, es steht mit Sicherheit keine Klausur mehr an."

Zeitgleich der Anruf einer Anwohnerin.

„Hilfe, Sie müssen sofort kommen, die HBS fliegt in die Luft. Lichtblitze hinter der ganzen Fensterfront. Fensterscheiben sind schon zu Bruch gegangen. Ich wohne direkt gegenüber, ich habe große Angst."

Lagedienstführer Keilbaum wurde hellhörig.

„Bordesholm, schon wieder Bordesholm! Wir erhöhen die Alarmstufe! Zusätzlich gehen raus: Zwei Rettungswagen und ein Notarzt. Die Polizei soll ihre Kräfte massiv verstärken. Info an den Amtwehrführer und den Bürgermeister."

Hubert Reich war es gelungen, eines der drei großen Fenster zu öffnen. Kalte Luft strömte in den Raum. Der Rauch wollte aber nicht weichen, der Wind drückte zu sehr auf die Öffnung.

Alle hatten sich wie Küken unter einer Glucke an die Heizkörper unter der Fensterfront geklammert. Da, die Signalhörner der Rettungskräfte waren klar und deutlich zu hören.

Die HBS ist nur einen Steinwurf weit vom „Rettungszentrum Bordesholm" entfernt.

Der erste Rettungswagen war nach wenigen Minuten vor Ort.

Lage auf Sicht!

Eine Rauchfahne aus einem Fenster im ersten Obergeschoss, merkwürdige Lichtblitze hinter den Fenstern auf der gleichen Ebene und laute Hilferufe und Schreie aus dem geöffneten Fenster.

Rettungswagenführer Ole Ohmsen war klar: Hier ist Menschenleben in Gefahr!

Ole reagierte, so wie er es gelernt hatte. Seine jahrelange Berufserfahrung half ihm dabei. Eine kurze Anweisung an seinen Kollegen:

„Kontrolle der Rückfront des Gebäudes!"

Ole nahm Kontakt zu der Person am geöffneten Fenster auf.

„Wie geht es Ihnen? Wie viele Personen befinden sich bei Ihnen? Bleiben Sie am Fenster! Es kommt gleich Hilfe."

„Mir geht es einigermaßen gut. Es befinden sich ungefähr weitere zwanzig Personen in diesem Raum. Wir werden den giftigen Rauch nicht los, wir brauchen sofort Hilfe."

„Hilfe ist im Anmarsch. Hören Sie die Martinshörner, die Feuerwehr ist bereits auf der Anfahrt. Bleiben Sie am Fenster."

Erste Rückmeldung von Rettungsassistent Ohmsen an die Leitstelle:

„Einsatz HBS Bordesholm. Starke Rauchentwicklung aus Fensterfront erstes Obergeschoss. MANF." (Massenanfall von Verletzten)

Ohmsen wusste genau was jetzt abläuft, es brauchte keine weiteren Worte mehr. Die gute Organisation des Rettungsdienstes in Schleswig-Holstein wird sich beweisen.

Der Löschzugführer Bordesholm-Wattenbek war mit seinen Einsatzkräften eingetroffen und hatte die Einsatzleitung übernommen. Ein kurzer verbaler Austausch mit Ole Ohmsen musste reichen. Hier war höchste Gefahr im Verzug.

Der folgende Einsatzauftrag war unmissverständlich:

„Ich bilde zwei Einsatzabschnitte!

Wehr Bordesholm: Menschenrettung Front des Gebäudes.

Wehr Wattenbek: Brandbekämpfung über zweiten baulichen Rettungsweg linke Gebäudefront."

Es lief ab, wie in einem Drehbuch für einen Feuerwehrlehrfilm.

Über eine Leiter drang ein Atemschutztrupp in den verrauchten Raum vor. Die weiteren zwei Fenster wurden von innen geöffnet.

Giftiger Rauch wich aus dem Raum, frische Luft drang in das Klassenzimmer ein. Mehrere Personen zeigten sich an den Fenstern und sogen die frische Abendluft ein.

Wie aus dem Nichts heraus, flogen weitere Leitern an die Fenstersimse empor. Über drei Leitern wurden die Verletzten parallel aus dem Brandraum heruntergeführt.

Eine Verletztenablage war in der Rettungswache eingerichtet worden. Der Leitende Notarzt organisierte den Abtransport in die umliegenden Kliniken.

Der Einsatzleiter forderte eine Lagemeldung ab.

Abschnitt eins:

„Alle Personen aus dem verrauchten Raum gerettet und dem Rettungsdienst übergeben."

Abschnitt zwei:

„Flur durchgelüftet. Brandbekämpfung war nicht erforderlich. Mehrere Silvesterraketen waren paketweise gezündet worden und durch die Gänge gerast. Eindeutig Brandstiftung."

Der Zugführer atmete durch.

Feuerwehrmann Peter Friebe stürzt auf ihn zu.

„Immer diese Schaulustigen, diese Handygeier. Grauenhaft. Man müsste Bauer Jürgens aus Mühbrook anfordern. Der könnte diese Störer mit seinem Güllestrahl wegspülen.

Aber jetzt kommt das Beste: Weißt Du, wer in der ersten Reihe gestanden hat?"

„Erzähle, schnell!"

„Ich habe sie genau erkannt. Es waren die ehemaligen Mitglieder der Freiwilligen Feuerwehr Wattenbek. Nämlich Oskar Wasserstrahl und Lutz Feuerstein. Was sagst Du dazu?"

„Ich werde sofort die Polizei darüber informieren."

35

„Der Tag fängt gut an!" freute sich Lutz Feuerstein. Er saß auf der Treppe am alten Getreidespeicher neben dem Edeka-Markt und sah den alten Bürgermeister auf sich zueilen. Besonders interessierte Lutz die Papiertüte, die der ehemalige Verwaltungschef in der Armbeuge trug.

„Moin, Lutz, lütt beten wat to`n Fröhstück för Di." Strahlend nahm Lutz die Tüte entgegen und blickte hinein. Ein Wurst- und ein Käsebrötchen lachten ihm entgegen, dazu eine Flasche Bier. Lutz griff sich die Flasche. Seine Mine verdüsterte sich:

„Alkoholfrei? Was soll denn das?" Der Spender lachte:

„För een echtet Beer is dat noch to fröh, Lutz. Ik wünsch Di trotzdem een goden Appetit!"

Schön kalt war das Bier ja, stellte Lutz fest, nahm einen tiefen Schluck und grunzte:

„Schmeckt ja gar nicht so schlecht!"

Dann biss er in das Wurstbrötchen.

Nach dem Frühstück bestieg Lutz sein mit Deutschlandfähnchen am Lenker und am Gepäckträger geschmücktes Fahrrad. So kannte man ihn im Dorf: Den etwas fülligen Mann mit rotem Gesicht und einer Deutschlandkappe auf dem Kopf, der mit seinem bunten Fahrrad bei Umzügen vorausfuhr und den Organisatoren bei Absperrungen half. Da fühlte er sich wichtig, sein Körper war gestrafft: Eine Respektsperson.

„Mal sehen, was an der Tanke los ist?" sprach Lutz mit sich selbst. Und richtig, drei Kumpane standen dort, eine kleine Pappkiste mit schwarzen Bierdosen vor sich. Lutz wurde sofort zu einer Dose 0,5 Bier eingeladen.

„Danke, ich bin schon völlig unterhopft. Musste eben alkoholfreies Bier trinken", lachte Lutz und riss die Dose auf.

Man trank sich warm, obwohl das Wetter eher kühl war. Lutz erzählte, dass er eine Einladung zu seiner Schwester erhalten habe.

„Wo musst Du denn dor hin? Een Plattdüütschen büst Du ja nich!"

„Nach Sachsen-Anhalt. Ins Jerichower Land."

„Jerichow? Liggt dat nich in Israel? Wenn du dor man nix vertüddelt hest!"

Alle lachten.

„Ja, aber Jerichow gibt`s auch an der Elbe. Bei Stendahl. Ist schön da. Ich freu mich, dass meine Schwester mich zu ihrem Geburtstag eingeladen hat. Nach all dem Ärger damals…"

„Denn musst Du ook wat Schönet as Geschenk mitnehmen. Een Borsholm-Krimi, de kümmt jümmers good an…"

Auf seiner Mofa war Atze herangerauscht. Er bremste mit quietschenden Reifen und rief:

„Jungs, im Gewerbegebiet feiert eine Zimmerei Richtfest. Da gibt`s zu beißen und zu schlucken!" Augenblicklich waren die beiden restlichen Bierdosen verstaut und die Gesellschaft machte sich auf den Weg. Die Richtfeier war in vollem Gange. Eine Kiste Bier war schnell organisiert, und bald auch eine Flasche Korn. Lutz suchte Kartons und Bauholzabschnitte, und rasch brannte ein kleines Lagerfeuer. Jemand besorgte Bratwürste, und das kleine Richtfest im Richtfest war in vollem Gange. Man redete, trank und aß, bis am späten Nachmittag nur noch wenige Gäste geblieben waren.

„Jungs, ich glaube, wir sollten jetzt gehen. Sonst werden wir hier noch rausgefegt", sagte Lutz.

„Ja, Du hest Recht, Lutz. Avers nich na Jerichow. Mi is na een Runn Darts. Ik heff sachts een ruhig Hand, na all dat Teelwater!"

Es wurden einige Runden Darts, die man im Köpi spielte, und obwohl niemand mehr genau werfen konnte, zeigte der elektronische Spielapparat immer wieder an, dass jemand gewonnen hatte und ein anderer zum Zahlen der Runde verpflichtet war. Die Bierrunden machten Appetit auf Stärkeres. Schon stand vor allen Spielern ein Kümmerling.

„Tief gewinnt!" rief einer. Dann klopften alle mit den kleinen Fläschchen auf den Tresen, drehten den Verschluss ab und kippten den süßlichen Kräuterlikör in sich hinein. Verschlusskappe wieder aufgedreht, und dann ging es ans Erlesen der Zahlen auf dem Boden der Flasche.

„Drei! Ich bin tief!" rief einer, „Mist! 86. Verloren! Wirt, gleich noch eine Runde. Diesmal gewinnt hoch!" ein anderer.

Lutz wurde müde. Und hungrig. Er holte sich aus dem Döner nebenan eine Portion Pommes Frites mit Mayo. Während des Essens fielen ihm die Augen zu, und der Kopf sank auf die Brust. Die breite Lehne des schweren Tresenhockers stütze den Schwankenden. Der Wirt stieß ihn an:

„Hier ist kein Schlafwagen!" Lutz verstand, zahlte und schob sein Fahrrad nach Hause. In seiner kleinen Einzimmerwohnung am Blöcken fiel er in voller Montur auf das Bett und schlief sofort ein. Es war kurz nach Mitternacht.

Insgesamt doch ein schöner Tag.

*

Es dämmerte bereits, als Bielfeld und Lorenzen den Block am Blöcken betraten. Der Briefkasten, an dem der Name Feuerstein gerade noch zu entziffern war, quoll über.

„Für seine Post scheint sich der Mann nicht sehr zu interessieren", stellte Bielfeld fest. Nach der Anordnung der Klingeln wohnte Feuerstein im 3. Stock.

„Auch das noch", stöhnte Bielfeld, „...aber da kann er wenigstens nicht aus dem Fenster stiften gehen."

Lautes Pochen an der Tür von Lutz Feuerstein führte nur dazu, dass sich verschlafene Nachbarn auf dem Flur zeigten und sich beschwerten. In der Wohnung des Gesuchten tat sich nichts. Bielfeld schickte die Nachbarn in ihre Wohnungen und sah sich die Tür an:

„Na, Kollege Psychiater, dann wollen wir mal", sagte er, nahm zwei Schritte Anlauf und trat in Höhe des Schlosses gegen die Tür.

„Siehste, Leichtbauweise!" grinste er und betrat durch die aufgesprungene Tür die Wohnung. Die beiden Ermittler fanden Feuerstein, wie er sich gebettet hatte.

„Na, wenigstens brauchen wir ihn nicht anzuziehen", gab sich Bielfeld zufrieden. „Mensch, Feuerstein, was haben Sie bloß gemacht?"

Feuerstein sah den Polizisten geistesabwesend an. Er schüttelte den Kopf und stöhnte. „Gemacht? Was gemacht? Darts, ja, Darts gespielt. Richtfest gefeiert, vorher. Und ein schönes Feuerchen gemacht. Sonst nichts."

Bielfeld und Lorenzen sahen sich an. Der Hauptkommissar wurde förmlich:

„Lutz Feuerstein, ich nehme Sie wegen des Verdachtes der Brandstiftung fest!"

36

„Wo ist meine Mom?" Eiskalt durchfuhr es Finn. Er dachte sofort an die Worte der Ärztin. ‚Reanimieren, Wirbel gebrochen, verloren'. Eiseskälte kroch an ihm hoch. „Wo ist meine Mom", wiederholte Finn panikartig.

Die Schwester, die gerade das leere Bett machte, drehte sich zu Finn und Nasrin um. „Deine Mutter ist auf die Bettenstation verlegt worden", erwiderte sie freundlich. Finn musste sich erst einmal beruhigen. Sein Herz raste immer noch. „Bettenstation? Wieso Bettenstation?"

„Na ja, vom Aufwachraum in die Chirurgische Intensiv, und weil sich ihr Zustand stabilisiert hat, ist sie auf die Chirurgische Bettenstation verlegt worden", antwortete die Schwester belehrend. „Ihr braucht nur, wenn Ihr aus dieser Station rausgeht, gegenüber durch die Tür. Dort liegt sie jetzt."

Finn schnaufte, drehte sich um und stapfte zur Tür. Nasrin folgte ihm, nachdem sie sich bei der Schwester für die Auskunft bedankt hatte. Durch den rechteckigen Flur an den Fahrstühlen vorbei, sahen sie schon das Schild ‚Chirurgische Bettenstation' neben der Stationstür. Vor der Tür hing eine Kordel von der Decke, an der Finn zog. Mit einem Summen ging die Tür auf. Die Kordel war eigentlich für den Hol- und Bringedienst gedacht, der die Betten von einer Station zur anderen brachte. Man kann ja nicht erwarten, dass die Mitarbeiter mit einer Hand die Tür aufhalten und mit der anderen das Bett durch die Tür schieben. Die Kordel wird auch aus Bequemlichkeit immer wieder von den Besuchern genutzt. So auch von Finn. Auf dem Flur war es mucksmäuschenstill. Auf leisen Sohlen gingen Finn und Nasrin den Flur entlang, als unmittelbar neben ihnen eine Tür aufging. Finn und Nasrin erschraken und hielten sich aneinander fest. „Gu-

187

ten Tag", grüßte die junge Frau in Weiß, „kann ich Ihnen helfen?" „Ja", ergriff Finn das Wort, „wir wollen zu Frau Friedberg." „Die liegt in Zimmer zwölf, aber sie ist zur Zeit in der Reha. Ich weiß nicht, wann sie zurückkommt. Entweder Sie gehen in die Cafeteria und warten dort, oder Sie kommen morgen wieder." Finn sah Nasrin unentschlossen an. „Wir trinken erst einmal einen Kaffee in der Cafeteria, und dann kommen wir noch einmal wieder", traf Nasrin die Entscheidung. Finn nickte zustimmend. Das war eine gute Idee, schließlich ist es zeitaufwendig genug- die Fahrt hierher mit der Bahn und dem Bus von Bordesholm. Finn schaute auf sein Geschenk. Zum Glück hatte er heute ein Buch mitgebracht. Blumen hätten es nicht überlebt. Mit einem ‚vielen Dank' verabschiedeten sich die Beiden und wandten sich wieder zur Stationstür, als diese summend aufging.

„Hallo Mom", rief Finn erfreut. „Da bist Du ja." Erika Friedberg saß in einem Rollstuhl und lächelte die Besucher müde an. „Hallo Ihr Beiden, habt Ihr mich tatsächlich gefunden?" Der junge Mann hinter Friedberg grüßte mit einem Nicken die Besucher und schob seine Patientin an dem Paar vorbei Richtung Zimmer zwölf. Artig folgten Finn und Nasrin ins Zimmer. Das Fenster war weit geöffnet, und eine kühle Brise flutete durch den Raum. ‚Ein Glück' dachte Nasrin, ‚frische Luft'. Sie mochte nicht die typisch abgestandene Luft in geschlossenen Räumen. Schon gar nicht in Krankenhäusern.

„Wie geht es Dir, Mom?" riss Finn seine Freundin aus den Gedanken.

„Ich habe heute meine erste Reha- Stunde gehabt. Es war sehr anstrengend. Aber es geht bergauf. Ich bin guter Dinge." Der junge Mann vom Hol- und Bringedienst stellte den Rollstuhl in die Ecke und verabschiedete sich.

Mit vereinten Kräften halfen Finn und Nasrin Erika Friedberg, die sich mit zittrigen Händen am Bettrand festhielt, ins Bett. „Schön, dass Ihr mich besucht, ich bin so müde, die Reha ist ziemlich anstrengend." Die letzten Worte von Erika Friedberg wurden immer leiser. Die Augen fielen ihr zu.

Finn sah Nasrin lächelnd an: „Ich glaube, wir können gehen, der Tag ist gedropst."

„Ich freue mich so für sie", erwiderte Nasrin und griff nach Finns Hand. Sie hatten als Paar ihre erste große Prüfung geschafft. Finn schaute Nasrin in ihre braunen Augen. Ein nie gekanntes Gefühl durchströmte beide. Sie waren glücklich.

37

„Na Wilhelm, glaubst Du eigentlich, dass wir mit Herrn Feuerstein den wirklichen Brandstifter von Bordesholm gefasst haben?" Werner Lorenzen schaute unseren Hauptkommissar stirnrunzelnd an.

„Ich gebe ja zu, dass er vom Aussehen nicht hundertprozentig zu den Zeugen-Aussagen passt. Aber erstens waren diese sehr widersprüchlich. Und zweitens war das Verhalten von Feuerstein sehr auffällig. Und drittens gibt es vielleicht einen zweiten Täter. Und viertens haben wir ja heute Nachmittag unseren Termin mit dem dritten abgelehnten Feuerwehrmann."

„Und fünftens: Ist eigentlich noch etwas Remy Martin in der Flasche?" Werner Lorenzen blickte erwartungsvoll in Richtung des Schreibtisches.

„Mit ein wenig Promille im Blut fließen die Gedanken noch am Geschmeidigsten!"

Bielfeld holte die Flasche Cognac und zwei Gläser aus seiner Geheimschublade. Die beiden Genießer leerten die großzügig gefüllten Schwenker mit einem lauten Schlürfen.

„Einen könnte ich noch gut vertragen. Für jede Gehirnhälfte einen. Damit die Gedanken richtig in Schwung kommen."

Bielfeld musste schmunzeln.

„Den Spitznamen ‚Werner Weinbrand' trägst Du doch schon seit ewigen Zeiten?"

„Für diese ehrenvolle Auszeichnung habe ich lange und hart trainiert! Sehr zum Wohle!"

Lorenzen hatte mittlerweile ein wohlig-warmes Gefühl in Kopf und Magen.

„Du hast ja auch Glück gehabt. Der für Dich vorgesehene Spitzname ‚Willy Brandy' ist schon seit den 60iger Jahren an den damaligen SPD-Chef vergeben."

„Und der aktuelle: Heißt der jetzt ‚Remy Martin'? Oder ist das politisch nicht korrekt?"

Die beiden stachelten sich mal wieder gegenseitig an mit ihren blöden Bemerkungen.

*

Dem als Zeugen geladenen Oskar Wasserstrahl fehlte dieses wohlige Gefühl im Moment völlig. Bis auf einige kleine harmlose Bußgeldverfahren wegen zu schnellen Autofahrens hatte er noch nie Berührungspunkte mit der Polizei gehabt.

‚Was wollen die von mir? Was wissen die von mir?'

Die Gedanken rasten durch seinen Kopf.

‚Aber ich bin nur als Zeuge geladen. Nicht als Verdächtiger!'

Er versuchte sich selbst zu beruhigen. Der Unterschied war ihm als eifrigem Tatort-Seher durchaus bewusst. Die anfängliche Idee, sich ein ärztliches Attest zu besorgen und den Termin im Kieler Polizeipräsidium abzusagen, hatte er bald verworfen.

‚Obwohl mein Doc ja weiß, wie viele Pillen ich schlucken muss, um einigermaßen zu funktionieren. Aber ich schaffe das. Diesmal schaffe ich das! Ich stehe das durch!'

Mit weichen Knien schleppte er sich die unzähligen Treppenstufen zum fünften Stock des Präsidiums hoch. Warum musste gerade heute der Fahrstuhl repariert werden? Mit Sorgen hatte Wasserstrahl den entsprechenden Informationszettel an der Fahrstuhltür gelesen.

‚Ist doch zu blöd, wenn ich oben kaputt und verschwitzt zum Gespräch erscheine! Aber auf der Ladung stand ‚Raum 512'. Und der ist laut Aussage des Pförtners im fünften Stock!'

Also machte Wasserstrahl auf jeder Etage eine kleine Pause, um einigermaßen ausgeruht und entspannt oben anzukommen.

*

Wilhelm Bielfeld schaute angespannt auf seine Armbanduhr.
‚Wird Herr Wasserstrahl heute seinem Image als unzuverlässiger und unpünktlicher Zeitgenosse mal wieder gerecht?‘ Bielfeld dachte an die entsprechenden Hinweise der Wattenbeker Wehr. Bevor Werner Weinbrand antworten konnte, klopfte es zaghaft an die Bürotür. Bielfeld erhob sich so schwungvoll aus seinem Bürostuhl, wie es sein Beamtenübergewicht erlaubte, und ging zur Tür. Mit einer kurzen Armbewegung öffnete er sie und sah mit einem gewissen Schreck auf den langhaarigen, dürren Typen in der Türöffnung.
‚Mein Gott, der Mensch sieht ja genau so aus, wie es die Zeugen Karl-Otto Mayer – der mit dem Dackel – und Tina Timmermann – die mit den tollen Tattoos – beschrieben hatten! Bielfeld dachte für einen kurzen, aber sehr schönen Moment an das Gesamtkunstwerk auf zwei Beinen. Aber er nahm sich zusammen – schließlich war er ja Beamter.
„Herr Wasserstrahl? Kommen Sie bitte herein!“

*

Oskar Wasserstrahls Puls ging merklich zurück.
‚Von diesen beiden debilen Opas droht wohl keine Gefahr. Da sind die Tatort-Kommissare im Ersten ja wesentlich dynamischer. Sogar der Kieler Borowski wirkt dagegen wie James Bond.‘
Seine Blicke richteten sich auf die beiden älteren Herren und auf die genauso alte Büroeinrichtung.

‚Das ähnelt hier eher einem Polizei-Museum als einem modernen Kommissariat.'

Entspannt setzte sich Wasserstrahl auf den Stuhl, der ihm zugewiesen worden war. Seine Beruhigungstabletten schienen zu wirken.

‚Doch gut, dass ich heute Morgen die doppelte Dosis eingeworfen habe!'

Relaxt nahm er seine Sonnenbrille ab. Hier konnte ihm heute nichts mehr passieren!

*

Werner Weinbrand und Willy Brandy II hatten schon vorher ihre Rollenverteilung besprochen: Der eine bad cop, der andere good cop. Lorenzen sollte den verständnisvollen Psychologen abgeben, Bielfeld den bösen Polizisten.

„Lieber Herr Wasserstrahl, wie Sie vielleicht gehört haben, sprechen wir mit fast allen Feuerwehrleuten aus dem Amt Bordesholm. Es geht – wie Sie sich denken können – um die dortigen Brandstiftungen der letzten Wochen. Erzählen Sie uns bitte, was Sie darüber wissen beziehungsweise was Sie darüber gehört haben." Lorenzen lächelte Wasserstrahl aufmunternd an. Bielfeld spielte währenddessen scheinbar gedankenverloren an seinem Handy.

„Also, gesehen habe ich nur die Löscharbeiten an der Hans-Brüggemann-Schule. Ich bin vor einiger Zeit aus der Wattenbeker Wehr ausgetreten. Als ich die Sirene und die vielen Martinshörner der diversen Feuerwehr- und Polizeifahrzeuge gehört habe, bin ich aus Neugier zum Brandort gegangen."

„Woher wussten Sie denn, wo es brennen würde? Eine SMS-Benachrichtigung haben Sie doch nicht mehr bekommen?" Bielfeld blickte immer noch auf sein Smart-Phone.

„Ich bin nur den Rettungswagen hinterhergegangen. Und schon war ich vor der HBS."

„Was haben Sie denn gedacht, als Sie das Feuer und die schreienden Menschen im Gebäude gesehen haben?"

„Ich hatte genug Vertrauen in meine ehemaligen Kameraden von der Wehr, dass sie all die Menschen retten und das Feuer löschen würden. Und so ist es ja auch geschehen!"

Tiefenentspannt lehnte Wasserstrahl sich zurück: ‚Ich glaube, die wollen mir wirklich nichts Böses antun.'

„Herr Wasserstrahl, Sie sagten vorhin, dass Sie aus der Wehr ausgetreten sind. Weshalb eigentlich?" Lorenzen lächelte seinen Gesprächspartner nett an.

„Ich hatte damals eine neue Freundin. Und die war mir wichtiger als die Wehr. In meinem Beruf als Telekommunikationsfachkraft hatte ich sehr wenig Freizeit. Die wollte ich dann lieber zusammen mit Jenny verbringen."

„Und sind Sie jetzt immer noch mit Jenny zusammen?"

„Nein, leider nicht. Sie hat einen Studienplatz in Göttingen bekommen und die räumliche Entfernung stand unserer Partnerschaft dann im Wege."

Bielfeld fixierte mit bösem Polizistenblick Oskar Wasserstrahl. Seine Stimme wurde laut.

„Lügen Sie uns doch nicht an! Herr Wasserstrahl! Wir wissen aus verlässlicher Quelle, dass Sie gegen Ihren ausdrücklichen Willen bei der Wehr nicht übernommen worden sind, weil Sie stets unpünktlich und unzuverlässig waren! Sie waren es doch, der später die alten Kameraden immer wieder um Treffen angefleht hat!"

‚Verdammte Scheiße, was soll das jetzt?' Nervös fingerte Wasserstrahl in der Hosentasche nach seinen Beruhigungstabletten.

,Kriegen die beiden mit, wenn ich eine nehme?' Wasserstrahl bemerkte selbst, wie sich Schweißtropfen auf seiner Stirn sammelten. Sein Herz pochte rasend schnell.

„Entschuldigung, mir geht es nicht so gut. Grippe oder so. Kann ich bitte ein Glas Wasser bekommen?"

Der ,gute' Lorenzen reichte ihm ein Glas Leitungswasser. Mit zitternden Händen nahm Wasserstrahl das Medikament und spülte es mit dem Wasser herunter.

„Könnten Sie bitte ein Fenster öffnen? Hier ist es sehr heiß im Raum."

Lorenzen erfüllte auch diesen Wunsch.

„Wo waren Sie denn, bevor Sie zur HBS gegangen sind? Also, als Sie die Sirenen zum ersten Mal hörten? Und gibt es hierfür Zeugen?"

Bielfelds starrer Blick war immer noch auf Wasserstrahl gerichtet. In diesen Momenten hatte der alte Hauptkommissar richtig Freude an seinem Beruf.

„Also ich, ich war zuhause und habe, ich habe Musik gehört. Besuch hatte ich keinen."

Wasserstrahl fing an zu stottern.

„Und wo waren Sie in den Vormittagsstunden des 14. Novembers 2016 und in den Abendstunden des 5. Januars 2017?"

„Woher soll ich das jetzt bitteschön wissen? Wahrscheinlich war ich arbeiten."

„Wer kann uns das bestätigen? Bitte Namen, Adresse und Telefonnummer! Damit wir das sofort überprüfen können!"

Bielfeld kam richtig in Fahrt, Lorenzen schaute währenddessen mit ruhigem und verständnisvollem Blick auf das Opfer.

„Was wollen Sie von mir? Ich habe nichts Böses getan! Ich kann nichts dafür, dass Menschen gestorben sind!" Wasserstrahl sprang von seinem Stuhl hoch und lief wie ein waidwundes Reh durch den Raum. Seine Transpiration wurde merklich stärker, große schwarze Flecken waren in seinen Achselhöhlen zu sehen und zu riechen.

„Ich wollte doch einfach nur dazugehören. Aber die Feuerwehrleute aus Wattenbek haben mich nie gemocht. Nie! Von Anfang an haben Sie mich gemobbt! Ich war immer nur der blöde Handy-Verkäufer! Keiner wollte sich mit mir auf ein Bier treffen! Selbst auf die Motorradtouren der Wattenbiker haben sie mich nicht mitgenommen. Und dabei hatte ich mir extra eine Vespa gekauft!" Laut schluchzend lehnte Wasserstrahl sich an den Aktenschrank.

„Und was haben Sie dann gemacht? Erzählen Sie uns bitte, was dann geschehen ist!"

Lorenzen schaute immer noch verständnisvoll.

„Ich habe etwas gezündelt. Ich wollte zeigen, dass die Wehr mich beim Löschen braucht. Beim Schlauchauslegen war ich immer einer der Schnellsten!"

„Wo und wann haben Sie gezündelt?"

„Im Wald. Anfangs nur im Wildhof. Dann im Friseursalon ‚Kamm und Schere'.

Aber der ist doch montags immer geschlossen. Dachte ich. Da kann doch nichts passieren.

Da ist doch keiner im Laden!" Wasserstrahl fing heftig an zu schluchzen.

„Ich wollte doch nicht, dass jemand zu Schaden kommt. Wirklich nicht!"

„Und bei Kath?"

„Die machen doch erst um sieben Uhr die Werkstatt auf. Vorher ist doch keiner da!

Aber ich mache alles verkehrt. Alle sind gegen mich. Ich konnte doch nicht wissen, dass abends der Dänisch-Kursus in der Schule stattfindet. Normalerweise ist die Schule ab 16:00

Uhr völlig leer! Ich wusste das nicht!" Tränen liefen über sein Gesicht. Seine Schultern zuckten heftig.

„Und was ist im Holzlager von Firma Freese passiert? Erzählen Sie!" Bielfeld konnte seine Aversion gegenüber diesem weinerlichen Typen kaum unterdrücken.

„Was haben Sie mit meiner Kollegin Friedberg gemacht?"

„Ich habe rot gesehen. Ich hatte Angst. Panik. Da habe ich mit einer Holzlatte zugeschlagen. Aber nicht so heftig. Ich wollte sie nur abwehren. Ich konnte doch nicht ahnen, dass sie beim Fallen so unglücklich auf den Betonboden aufschlägt. Glauben Sie mir, ich bin kein böser Mensch. Ich brauche Hilfe! Sie müssen mir helfen!"

Wasserstrahl ging auf Lorenzen zu und versuchte ihn zu umarmen.

„Ich brauche Sie. Sie verstehen mich doch!"

Dem ‚lieben' Lorenzen war diese aufgezwungene körperliche Nähe zu diesem schwitzenden, ungepflegten Typen sehr unangenehm. Er ekelte sich vor dessen Schweiß- und Mundgeruch. Er versuchte, Wasserstrahl mit einer energischen Bewegung von sich zu schieben.

„Sie hassen mich auch! Sie sind ein böser Mensch! Ich hasse Sie!" Mit wutverzerrtem Gesicht stieß Wasserstrahl den Psychologen gegen den Büroschrank.

Lorenzen prallte beim Fallen mit der Stirn gegen den Schrankschlüssel und fiel – schnell wie Wladimir Klitschko im Kampf gegen Anthony Joshua – auf den Boden. Mit schmerzverzerrtem Gesicht und abgespreizten Armen und Beinen blieb er liegen.

„Sind Sie völlig verrückt geworden? Sie sind verhaftet!" Bielfeld wollte gerade seine Handschellen aus dem Schreibtisch fingern, als er den Griff von Wasserstrahl nach dem schweren Klammeraffen aus Metall bemerkte.

„Lassen Sie den…" Bevor Bielfeld den Satz beenden konnte, hatte ihn das sehr stabile Büroarbeitsgerät an der rechten Schläfe getroffen. Noch so ein Knock Out a la Klitschko!

Bielfeld ging direkt neben seinem Cognac-Bruder zu Boden.

„Oh Gott. Was habe ich gemacht? Jetzt sind beide tot und ich lande für immer im Knast!

Das überlebe ich nicht! Ich will da nicht hin! Die machen mich fertig! Aber Ihr kriegt mich nicht!" Wasserstrahl schrie voller Panik. Mit starrem, angsterfülltem Gesichtsausdruck lief er zum offenen Fenster und sprang hinaus. Ohne zu überlegen, was ihn unten erwarten würde.

Die 15 Meter freier Fall bis zum heftigen Aufprall auf dem harten Asphalt des Parkplatzes waren eindeutig zu viel für seinen dünnen, fragilen Schädel und das darin befindliche sensible Gehirn.

Bevor die panisch hinzueilenden Passanten die 112 gewählt hatten, erlag Oskar Wasserstrahl seinen schweren Kopfverletzungen.

*

Oben im fünften Stock des Polizeipräsidiums öffnete Werner Lorenzen mühsam seine Augen. Er blinzelte vorsichtig in das grelle Tageslicht und versuchte vergeblich, seinen alten Körper aufzurichten. Mit großem Schrecken entdeckte er seinen Kollegen Bielfeld, der immer noch neben ihm auf dem Boden lag.

„Mein Gott Wilhelm, was ist mit uns passiert? Was war in dem Cognac drin. KO-Tropfen?"

Bielfeld versuchte angestrengt, seinen Partner zu entdecken. Als er ihn schließlich neben sich auf dem Boden sah, wandte er sich mit leerem Gesichtsausdruck und lallender Sprache an den Psychologen.

„Ich weiß es wirklich nicht, Werner. Ich weiß es nicht. Aber ab morgen trinke ich nur noch Mineralwasser."

„Wo ist denn eigentlich unser Besuch geblieben?"

Beide schauten sich orientierungslos im Dienstzimmer um.

Von draußen ertönte die schrille Sirene des Notarztwagens.

Henning Thomsen, geb. 1955 in Kiel, hat nach seinem Großen Juristischen Staatsexamen 27 Jahre für die Allianz Versicherung als Führungskraft im Außendienst gearbeitet. Als Vorruheständler ist er ehrenamtlich tätig:
Ob beim Deutschen Roten Kreuz in Kiel oder in verschiedenen Bereichen und Funktionen in Groß Buchwald, wo er seit 22 Jahren lebt.

Jürgen Baasch, geb. 1945, war bis 2004 Bürgermeister in Bordesholm. Neben seinen zahlreichen ehrenamtlichen Tätigkeiten leitet er seitdem Seminare in Plattdeutsch und Kurse zur Biografie Erstellung.

Elmer Schmidt ist in 1948 Hamburg geboren und bis kurz vor seinem 18. Lebensjahr dort aufgewachsen. Fuhr dann 5 Jahre weltweit zur See. Absolvierte 8 Jahre in Boostedt die Bundeswehr um sich in Kiel weiterzubilden und dort als staatlich geprüfter Medizintechniker zu arbeiten.
Heute lebt er zufrieden in Schleswig - Holstein bei Kiel auf dem Lande.

Detlef Tanneberger, geb. 1949.
Seit seinem Eintritt in den Ruhestand schreibt er kurze und auch längere Heimatgeschichten.

In der Reihe ‚Bordesholmer Edition' erschienen:

Stand: September 2017

Bd. 1: Das Grab auf der Insel
Der erste Bordesholmkrimi
von Jürgen Baasch, Lydia Glaubke, Charlotte Günther,
Ines Reich und Hartmut Wiedling
ISBN 978-3-8448-0006-7   172 Seiten   Preis 9,90€

Bd. 2: De Borsholmer Jedemann
Hugo v. Hofmannsthal sien Stück,
in`t Plattdüütsche sett vun Jürgen Baasch
ISBN 978-3848-21806-6   128 Seiten   Preis 8,90€

Bd. 3: Das Licht
und andere Erzählungen
von Jürgen Baasch, Kirsten Frahm,
Viktor Vogt und Hartmut Wiedling
ISBN 978-3848-22711-2   136 Seiten   Preis 8,90€

Bd. 4: Krimidinner
Kriminalroman
von Hartmut Wiedling
ISBN 978-3848-21971-1   260 Seiten   Preis 14,90€

Bd. 5: Schmalsteder Beifang
Der zweite Bordesholmkrimi
von Jürgen Baasch, Silvia Biener, Charlotte Günther,
Diana Kühl und Hartmut Wiedling
ISBN 978-3-8482-2419-7   164 Seiten   Preis 9,90€

Bd. 6: Murmelspiel und Schabernack
Alltagsgeschichten aus unserer Nachkriegskinderzeit
Biografische Reihe, Hrsg. Jürgen Baasch
ISBN 978-3848241415   168 Seiten   Preis 10,90€

Bd. 7: Biografische Splitter
Biografische Reihe, Hrsg. Elmer Schmidt und Jürgen Baasch
Erzählungen
ISBN 978-3-7322-3098-3   138 Seiten   Preis 9,90€

Bd. 8: Doppelbilder - Vier Paare, acht Geschichten und ein Gastspiel
9 Erzählungen
von Hartmut Wiedling
ISBN 978-3842-34211-8   136 Seiten Preis 8,90€

Bd. 9: Ein Haus wird Hundert
Geschichten zur Geschichte
von Franz Rohwer
ISBN 978-3732-25457-6   88 Seiten Preis 8,50€

Bd. 10: Lotosblüte
Der dritte Bordesholmkrimi
von Jürgen Baasch, Kirsten Frahm, Charlotte Günther,
und Hartmut Wiedling
ISBN 978-3732-28658-4   176 Seiten Preis 9,90€

Bd. 11: Rezepte für die faule Hausfrau
Kleines Kochbüchlein ohne Anspruch auf Michelinsterne
von Durannimo von der Wied
ISBN 978-3732-28628-7   52 Seiten Preis 4,50€

Bd. 12: Letztes Jahr
Satirischer Endzeitroman
von Hartmut Wiedling
ISBN 978-3-7322-8940-0   156 Seiten Preis 9,90€

Bd. 13: Krimiwanderungen
Auf den Spuren der Bordesholmkrimis
von Jürgen Baasch, Kirsten Frahm, Charlotte Günther,
und Hartmut Wiedling
ISBN 978-3-7357-5979-5   52 Seiten Preis 4,90€

Bd. 14: Wenn Papa lange wegfährt
Ein Bilderbuch für Kinder
Von Kristina Dohrn
ISBN 978-3-7357-2308-6   24 Seiten Preis 13,90€

Bd. 15: Odile
Erzählung
von Hartmut Wiedling
ISBN 978-3-7357-1940-9   84 Seiten Preis 7,90€

Bd. 16: Klosterbrut
Gesellschaftspolitischer Zukunftsroman
von Hartmut Wiedling
ISBN 978-3-8370-8979-0   208 Seiten Preis 10,90€

Bd. 17: Die Seminaristin
Der vierte Bordesholmkrimi
von Jürgen Baasch, Kirsten Frahm, Charlotte Günther,
und Hartmut Wiedling
ISBN 978-3-7357-7074-5   184 Seiten   Preis 9,90€

Bd. 18: Lichtungen
Gedichte und Kurzgeschichten
Von Martin Schmusch
ISBN 978-3-7347-5811-9   92 Seiten   Preis 7,90€

Bd. 19: Nordlicht
Heimatgeschichten
Biografische Reihe
Herausgegeben von Jürgen Baasch
ISBN 978-3-7357-7572-6   180 Seiten   Preis 9.90€

Bd. 20: Vier Männer
Tragikomisches Bühnenstück
von Hartmut Wiedling
ISBN 978-3-7392-2747-4   78 Seiten   Preis 5,90€

Bd. 21: Von Mensch & Tier, Musikern und Gottesdienern
77 Limericks von Michael Struck
77 Bildericks von Dieter Stolte
ISBN 978-3-7375-1943-4   78 Seiten   Preis 9,90€

Bd. 22: Spiegelbilder
Heiner Volkers, Hrsg.
Stegner in Schleswig Holstein
ISBN 978-3-00-050146-3   303 Seiten   Preis 14,90€

Bd. 23: Halleluja Sakra
Das Muthenberger Missgeschick mit den Gebeinen
Eine historische Mühbrooker Heimatgeschichte
von Detlef Tanneberger
ISBN 978-3-7357-5643-5   236 Seiten   Preis 11,95€

Bd. 24: Giftwasser
Der fünfte Bordesholmkrimi
von Jürgen Baasch, Elmer Schmidt und Henning Thomsen
ISBN 978-3-7392-0249   208 Seiten   Preis 9,90€

Bd. 25: Menschen und Märkte
Texte von 10 Autoren aus Bordesholm und Umgebung
Herausgegeben von Jürgen Baasch
ISBN 978-3-7393-4090   280 Seiten   Preis 10,99€

Bd. 25a: Angekommen?
Autobiographie
Von Gudrun Schultz-Pohlen
ISBN 978-3-7392-1469-2   204 Seiten   Preis 12,90€

Bd. 26: Die Limerick-Landkarte
Schleswig-Holstein mal anders bereisen
Thorsten Schönberg, 58 Limericks und ihre Standorte
ISBN 978-3-8423-6959-7   124 Seiten   Preis 11,50€

Bd. 27: Bombenstimmung
Der sechte Bordesholmkrimi
von Jürgen Baasch, Elmer Schmidt und Henning Thomsen
ISBN 978-3-7431-1919-2   192 Seiten   Preis 9.90€

Bd. 28: Lisbeth
Autobiografischer Roman
Von Liza Olivia del Bosco
ISBN 978-3-7431-3759-2   192 Seiten   Preis 14,95€

Bd. 29: Rezepte für den faulen Hausmann
Vorschläge für gelungene Einladungen
Herausgegeben von Jürgen Baasch und Hartmut Wiedling
ISBN 978-3-7431-4072-1   52 Seiten   Preis 4,50€

Bd. 30 Über die Heide
Gedichte von Theodor Storm
in Plattdeutsch gesetzt von Knut Emeis
ISBN 978-3-7431-3814-8   48 Seiten   Preis 5,90€

Bd. 31 Familienbande
Texte von 9 Autoren aus Bordesholm und Umgebung
Herausgegeben von Jürgen Baasch
ISBN 978-3-7448-3320-2   224 Seiten   Preis 12,00€

Bd. 32 Vanitas oder: Wir sind alle nur Käfer
19 Essays aus Wissenschaft, Psychologie und Gesellschaft
von Hartmut Wiedling
ISBN 978-3-7448-9934-5   112 Seiten   Preis 6,90E

NOTIZEN

NOTIZEN

Bordesholmer Edition
Eine Reihe für Autoren von Bordesholm und Umgebung
Herausgeber: J. Baasch und H. Wiedling
Bordesholmer.edition@yahoo.de

© 2017
Herstellung und Verlag: BoD – Books on Demand, Norderstedt.
ISBN: 978-3-744899536